父へ母へ。100万回の「ありがとう」

『PHP』編集部［編］

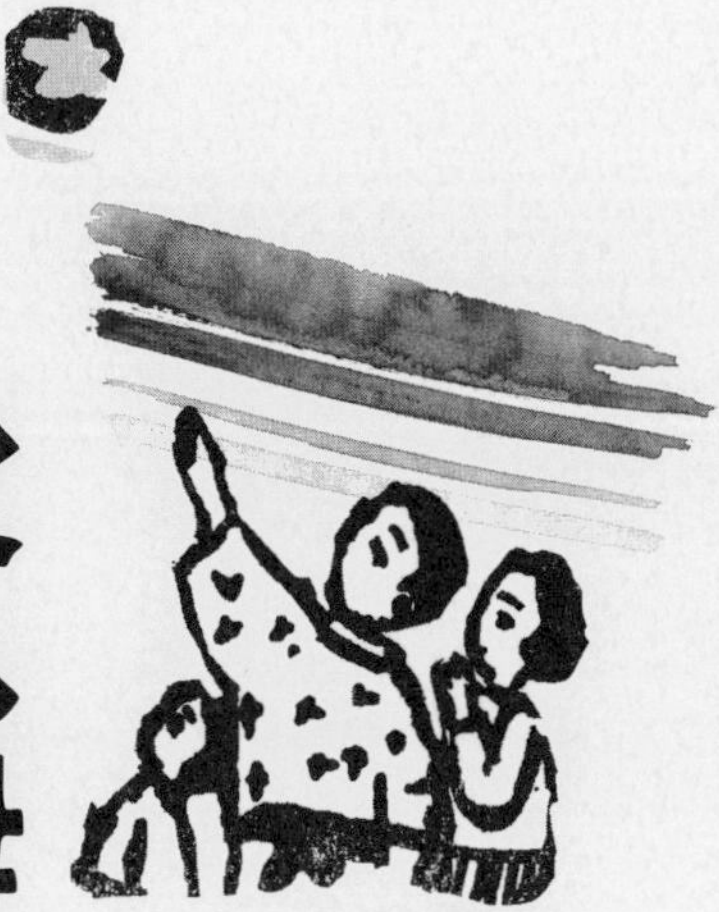

PHP

はじめに

「親思う心にまさる親心」――いつの時代も、子が親を思う気持ち以上に、親の子に対する慈愛の気持ちはさらに強いものです。

時に、互いの思いがすれ違い、また素直になれずに傷つけあうこともあります。でも、いつか子は気づきます。「自分はこんなに愛されていたんだ」と。

けれど、親からもらった愛は大きすぎて、返すことはできない。

本書は五十八名の著名人が、父母との忘れえぬ思い出を綴《つづ》ったものです。

一編一編に描かれた家族の姿に触れ、きっとあなたの心も、言い尽くせぬ親への「ありがとう」の気持ちで満たされていくと思います。

人生でつまずいたとき、くじけそうになったとき、何度も本書を開いてみてください。

家族の愛の深さに力をもらい、明日からを強く生きていくことができるでしょう。

父へ母へ。100万回の「ありがとう」目次

第4章　母の胸、父の背中

第5章 可笑しくて、悲しくて、切なくて

第6章 言えなかった「ありがとう」

第1章

愛されて生まれた

母の思い出

常盤《ときわ》新平《しんぺい》（作家）

母は私のことを「年寄りの恥かきっ子」と言って、いつも恥ずかしそうに笑った。私は、母が四十二歳のときに生まれた。このことをたまたまある知人に話したところ、彼はことなげに言った。

「僕は貧乏人の子だくさんの末っ子で、おふくろが四十八歳で産んでくれたんです」

上には上があると私たちは笑った。私も貧乏人の子だくさんで、六人兄弟の末っ子である。

父は私が生まれる三日前まで母の妊娠を知らなかったそうだ。母が着物の帯をきつく締めて、おなかが目だたないようにしていたという。恥ずかしさから産みたくなかったので、いろんな薬でためしたという。

けれども、私はしぶとく生まれてきた。母の話では、父が大よろこびだったという。私が虚弱に育ったのは、両親に溺愛《できあい》されて、食べものの好き嫌いがはげしかったからだ。風邪《かぜ》をひくと、母は火鉢で焼いたにんにくを私に食べさせた。小学校も入学が一年おくれた。

小学校は、いってからも病気でよく休んだ。一年生になったばかりで腹膜炎にかかり、一学期の大半を休んだ。母は一日おきに私を市立病院に連れていった。病院までは母と私の足で歩いて三十分もかかったろうか。夏が来ていて、私は冷たいものを飲みたかった。

病院の先生は母に、アイスキャンディーはいけない、アイスクリームにしなさいと注意した。病院の帰りに母はアイスクリームを食べさせてくれた。母は私が食べおわるのをじっと見ていた。

病院の行き帰りに母とどんな話をしたのだろう。もう記憶にはないが、いまは、ときに私の手を引いていたにちがいない母の優しさを感じる。母の目はじつに優しかった。

七十二歳で亡くなった母の命日がまもなく来る。母の一生は父が横暴で苦労がたえなかったのに、その死はみんなに羨《うらや》ましがられた。前夜は元気だったが、朝には誰にも知られずにひっそりと息をひきとっていた。死は母に優しかったと私は泣きながら思った。

（二〇〇五年四月号掲載）

母のヘソクリ

今《いま》井《い》美《み》沙《さ》子《こ》（作家）

五島列島《ふるさと》の母は私が物心ついた頃には、和裁をして家計を助けていた。

母の縫った着物は評判がよく、注文がひっきりなしであった。

母はその縫い賃の中から少しずつヘソクリをして、額の裏や押し入れのふとんの下へ隠していた。

子どもたちが何か欲しがり、それが必要と認めた場合は、母は惜しげもなくヘソクリを出してくれた。

私が高校生の時、『ウエスト・サイド物語』を長崎まで観に行きたいと母にねだっ

た時もすんなりへソクリを出してくれた。

本を買いたいというと「本は心の栄養じゃけん」といって、またへソクリを……。

母はへソクリをしているけれど、自分の楽しみのためには決して使わず、父や子どもやゆかりの人たちのために使うことを喜びとしていた。

十八歳で私が大阪へ旅立つ朝、母はぶ厚いハトロン紙の封筒を私にくれた。

「これはさ、かあちゃんがあが（おまえ）のために貯めちょったへソクリぞ。何か困った時に使えばよかじゃん」

長崎まで船に乗り、長崎駅から大阪行きの夜行列車の中で封筒を開けると、千円札と五百円札が入り混ざっていた。

というより、千円札は数枚でほとんど五百円札であった。

どれも使い古されてしわしわで汚れていたが、私は母の労働の結晶だと思い、その札を撫《な》でながら泣いた。

後年、母は娘三人にヘソクリをすすめた。

「おなごでん、自分が自由に使えるお金は必要ぞ。誰かに何かしてあげたか時、自分のお金じゃったら、気がねがいらんじゃん」

母はヘソクリといっていたけれど、母のヘソクリのありかは父も子どもたちも知っていた。私もヘソクリをしているが、母のように人の喜ぶために使いたいと思っている。

（二〇〇五年八月号掲載）

父と蕎麦

よしまさこ
（漫画家）

私の父は困った人だ。

今も頑固で困りものだが昔はもっと困った人だった。

父の蕎麦《そば》好きは大変なもので、自分でも打つし（蕎麦の実を石臼《いしうす》で挽《ひ》いて粉にしてから打ち始めるという凝《こ》りよう）、味にうるさいし、家族まで巻き込んで大騒ぎになるので、私は小学生の頃、父が「蕎麦」の一言を言うのを何より恐れていた。

日曜の朝に父が突然「今日の昼は蕎麦を食いに行く」と言い出すと、その日はもう友達との約束も、一日中漫画を読む計画も諦《あきら》めなければならない。

とにかく父のお気に入りの蕎麦屋（車で一時間半もかかる）へ、蕎麦を食べに行くと決まってしまうのだ。

母や弟も迷惑そうに、しぶしぶついて来た。

父は家族を喜ばせようとしていたのだろうが、家族は「喜ばないとお父さんが荒れるから」という理由でつき合っていた。

父は職人さんの蕎麦打ちの手をジッと見つめ、「なるほど、こう打つんだな」と開眼したように言って、次の日曜日には必ず自分で打った蕎麦を家族に食べさせるのだった。やはり「おいしいと言わないとお父さんが荒れるから」という理由で家族はみんな「おいしい」と言って食べていた。味なんかわからなかった。

その父もとっくに定年退職を迎え、今では、歳のせいであまり蕎麦を打てなくなってしまった。私は外で不味《まず》い蕎麦を食べるたびに、父の蕎麦は抜群においしかったのだとビックリするし、今でもたまに打ってくれるととても嬉《うれ》しい。

「お父さんは、本当は会社員じゃなくて蕎麦屋になりたかったんだよね？」

と笑うと父は、

「うるさい。蕎麦は黙って食え！」

と怒り出す。本当に困った人だ。

（二〇〇六年二月号掲載）

老いた母

南木佳士《なぎけいし》（作家・医師）

　母が肺結核で死んだとき、まだ三歳だったから彼女の記憶はまったくない。母方の祖母が「老いた母」としてわたしを育ててくれた。

　夫に死なれ、婿《むこ》をとって家のあとを継がせるはずだった娘に死なれ、祖母は五〇代のなかばで再び子育てを始めたことになる。いま、自分がその年代になってみて、彼女の苦労が並大抵のものでなかった事実にはじめて気がつく。

　再婚して家を出た父からの仕送りはあったが、祖母は田を作り、山の斜面の畑を耕して、ほとんど自給自足の生活を営《いとな》んでいた。この時期に刷り込まれた人の暮らし方の基本は、人生のたそがれどきを迎えつつある今日でもからだの芯にしっかり残っている。祖母は言葉の人ではなく、黙々と実行する人だった。春になれば田に出、秋には山で薪《たきぎ》を集め、冬は繕《つくろ》いもの。

月に一度、各戸に配布される村の広報誌のことを祖母は「村だより」と称していた。これをきちんと押し入れのなかにしまっており、わけを問うと、「ここから役場の就職試験問題が出されるそうだから、おめえのためにとっとくだ」と答えてくれた。村でもっとも安定した勤め先は役場だから、彼女なりに孫の将来を心配してくれていたのだ。

いま、亡き祖母にしみじみ感謝したくなるのは、そういう形にあらわれたさまざまな心遣いではなく、質素で平凡で、他人の悪口を言わずに営んでいた静かな暮らしのなかにわたしを置いてくれたことである。家に来る近所の嫁たちは姑《しゅうとめ》のひどい仕打ちを祖母に訴え、姑たちは嫁のいたらなさを愚痴《ぐち》った。それは苦労の身についた祖母が聞き上手《じょうず》で、秘密を決して他人に漏らさない性格であるのをみながよく知っていたからのようだった。

祖母の葬儀の日は雪だったが、多くの老人が、葬列の先頭で撒《ま》かれる硬貨を懸命に拾った。それまで元気で、顔を洗いに風呂場に行く途中でぽっくり逝《い》った、その静謐《せいひつ》な生の終え方にあやかりたいと。遺影を抱きながらこれを聞いて、地位や名誉とは無縁の場で最後までみなに慕われた祖母に育てられたことを、腹の底からありがたく思った。

（二〇〇五年三月号掲載）

『大きな栗の木の下で』

（エッセイスト、イラストレーター）
中山庸子《なかやまようこ》

我が家には、まだテレビがなく小さなちゃぶ台で食事をしていた頃のことだから、きっと私は幼稚園児だったのだろう。

晩酌をしながら、父はよく「今日はどんなことを習ったのかな」と私に聞いた。早生まれでひとりっこのせいか、身体が小さく運動や集団行動が得意とは言えない娘のことが心配だったのかもしれない。

すると母が「庸子はお遊戯や歌もがんばっているんだから、お父さんにもちょっと見せてあげたら」と水を向けてきた。人前で何かやるのは決して好きではなかったが、その当時一番気に入っていた『大きな栗の木の下で』を振り付きで歌ってみた。父も母も笑顔になり大きな拍手をくれた。

以来、いくらか積極的になった私は、ビールを傾ける父の前で踊ったり歌ったり、時にはクレヨンで描いた絵を見せたりするようになった。顔を赤らめた父に「なかなかうまいぞ」とほめられることが、心底嬉しかった。

平成二十七年十一月六日、私は前橋の実家の介護用ベッドに横たわる父の傍《かたわ》らにいた。

自宅での最期《さいご》を心から望んでいた父のため、母は懸命に在宅介護を続けていた。東京に住む私は、毎晩母との電話で父の容体や介護の様子を聞いた。母から「訪問医の先生の指示で明日から自宅点滴が始まるらしい」という話が出た翌朝、早い新幹線で実家に向かった。前回実家を訪ねた時に、お世話になっている訪問看護師さんから、酸素吸入だけでなく点滴が始まったら、看取《みと》りの時期が近づいていると聞かされていたからだ。

それでも思ったよりは元気そうな父に話しかけると、目が何か訴えている。耳も遠く、テレビの画面にもほとんど興味を示さなくなった父に、私ができることは何だろうか……。すると自然に「大きな栗の木の下で、あなたとわたし、仲良くあそびましょ」と振り付きで歌い始めていた。近くにいた母も、目を潤《うる》ませながら手拍子《てびょうし》を取ってくれた。その瞬間、あの頃の小さな自分に戻った気がした。

翌七日の早朝、父は安らかな顔で九十三年の生涯の幕を閉じた。

（二〇一六年七月号掲載）

山師の血

木村東吉《きむらとうきち》
（アウトドア・エッセイスト）

父は公私共に、根っからの「山師」だった。

父の正確な職業は知らないが、ボクが母親の胎内にいる時に、すでに他の女性と一緒に暮らしていたし、ボクがこの世に生を受けて間もない頃には、その女性はすでに義妹を身籠《みご》もっていた。

我が両親の結婚生活はわずか四年で、その間にボクと姉の二人の子供をもうけた。愛は時間で測れるモノではない。しかし父は義妹や義弟をもうけた後、その家庭は大切にしたようで、十年ほど前までは彼らと共に暮らしていた。「三度目の正直」は彼の中では有効だったようである。そう、父にとって我が母とは二度目の結婚と離婚で、先妻との間にも一人の娘が居た。

父は〝節目〟にボクの前に姿を現した。

名前も知らない父方の誰かの葬式、ボクの中学入学、高校入学、それに二十歳で上京した際にも頻繁《ひんぱん》に会った。だがその際に特にボクに対してなにかすることはない。ただ黙って小遣いをくれた。父がボクの前に現れたのは〝節目〟の時だけに限らず、彼の〝事業〟が軌道に乗っていた時期と重なっている、と義妹からの話で、あとから分かった。

義妹や義弟から、父の性格を聞くと、ボクは父と一緒に暮らしたこともないのに、我々父子には多くの〝類似点〟があったらしい。

そう言えば、自分の仕事が上手《うま》く行っている時に、身内に会いに行くという父の〝見栄《みえ》〟も、今ならよく理解できるし、理想の女性を求めて、何度も結婚、離婚を繰り返したその気持ちも、やはり理解できる。もっとも、ボクにはそんな体力も経済力も、〝決して懲《こ》りることのない〟強い精神力もないが……。

そんな父も十年前に〝事業〟に失敗し、義妹たちの元からも姿を消し、現在は消息が分からない。生きていれば、現在、七十六歳になるはずだが、もしかしてまた新たな〝事業〟に参画し、その〝事業〟で成功し、再びボクの前に現れるかもしれない、と思う。

なぜなら……やはり「山師」の血を受け継ぐボクなら、決して負けたままで人生からフェードアウトしたくない、という〝見栄〟があるし、父にもそうあって欲しい、と願っているからだ。

（二〇〇六年七月号掲載）

母のもんぺ

小林久三《こばやしきゅうぞう》
（作家）

母の生涯をつうじて一番の悩みは、おそらく息子の私の不出来だったのではないか。彼女は、なんとかして私を一人前の男に仕立てあげようとして苦労したのではなかったかと、最近つくづく思うようになった。

父は、私が三歳のときに急死した。残された家族は姉と私の二人。明治生まれの母は、父の遺志をついで子育てに専念した。

ところが、私が昼行灯《ひるあんどん》のようにつねにぼうっとしている。学校の成績もきわめて芳《かんば》しくない。一方、一つ年上の姉は高校まで全校一の成績で、卒業するとさっさと東京に出て新劇の人気劇団の女優に合格した。

それに触発されて、私は新劇の演出助手にあこがれ、高校を出たら上京したいと考えた。自分は、どうみても勉強にむかない。

ここで母と全面対決になった。昔気質《かたぎ》の母は、息子には大学を出て欲しいというのだ。

当時、母は旅館の仲居をしていた。終戦後の混乱期のなか、母は子育てのため、なりふりかまわずに働いたのだが、その頃の母は、〝猛母〟であった。彼女の説得に私はあえなく陥落した。恥ずかしながら、受験勉強をしたがあえなく浪人生活を送ることになった。

私の脳裡《のうり》に残っている母の姿は、すべてがもんぺ姿である。もんぺは、戦中、戦後の短い時期にはやった労働用の袴《はかま》だが、母ともんぺの印象が強いのは、ひたすら働いた母の姿と重なっているからだろう。

私が松竹《しょうちく》映画の助監督になったとき、母が鎌倉の下宿にたずねてきた。初夏の頃で、彼女はこげ茶色のワンピースを着ていたが、私の目にひどく華やいでみえた。もんぺ姿でないことにほっとしたことを覚えている。私は、これまでの不孝をわびるつもりで、宿の手配をしたが、母は由比ヶ浜《ゆいがはま》を歩いてみたいといい、目的を達すると、そそくさと自分のすむ茨城県古河《こが》市に帰っていった。

母は、なぜ鎌倉にきたのか。のちに姉にたずねたところ、母が東京の女学校の頃に片想いをした大学生ではないかと、推理した。姉は、その大学生が鎌倉に転居したことを、母から何度かきかされていたという。

〝猛母〟の初恋。母が子供から離れたことに、私はほっとした。その母は十八年前に亡くなった。

（二〇〇六年十一月号掲載）

お父ちゃん、どこ行くの？

阿部《あべ》夏丸《なつまる》
（作家）

父は謎の多い男だった。毎朝、黒塗りの車が迎えに来ると、ものも言わずにそれに乗り、深夜はタクシーで帰宅する。髪はポマードべっとりのオールバックで、ダブルの背広。我が家のある農村に、そんな大人はいなかった。幼い頃、母に聞いたことがある。

「お父ちゃん、毎日、どこ行くの？」

「銀行よ」

テレビ映画で見た銀行強盗を思い出し、ドキドキした記憶がある。

銀行員という職業があると知ったのは、四年生になってからだった。

父は、家の中で怒ったり怒鳴ったりしたことがなかった。かといってニコニコしているわけでもなく、とにかく物静かな人だった。だから僕は父に叱られた記憶もなく、黙って新聞を読んだり、タバコを吸っている姿しか覚えていない。友だちのお父さんは、旅行に行ったり、キャッチボールをやったりすると耳にしたが、どう考えても信じられない。だから僕は父のことを、子どもごころに「仕事しかしない、真面目《まじめ》でつまらない人だ」と思っていた。

気がつけば、あれから四十年。父は退職後、絵に描いたように痴呆《ちほう》が進んだ。父の変貌ぶりに最初はとまどった。仏さまのように物静かだった父が、突然、顔を真っ赤にして怒りだしたりするのだから。

そんなある日、父の仕事仲間が家を訪れてこういった。

「お父さんは、仕事の鬼でしたよ。ホント、鬼のように厳しくて。私なんか、大声で叱られてばかりでした」

家では仏さまのように静かだった父が、仕事場では鬼だったとは。さらに、酒も飲まない堅物《かたぶつ》の父が女性にもてたという噂まで耳にした。

父もふつうの人間。家と仕事場の顔を分けることで、心のバランスをとっていたのだろう。驚きより、父の人間臭さを知ってホッとした。考えてみれば四十六年間、僕は父のことなど何も知らなかったのだ。

現在、僕には二人の子供がいるが、彼らもまた僕の考えていることは分からないはずだ。だが、それでいい。親の気持ちなど、親の年齢になってみなきゃ分からない。父も、そう思っていたのだろう。

「へへん。子どもに親の気持ちなど分かってたまるか」と。

（二〇〇六年五月号掲載）

ここにいるよ。

高見恭子《たかみきょうこ》
（文筆家）

詩人、高見順と、女優を目指していた明るい女性が恋をして、私は生まれました。寒い冬の夜、母は一人で私を生みました。

自由気ままな詩人の父は、一人娘の成長も見ず病《やまい》に負け空へと旅だってしまいました。

それからはずっと母が一人で働き、家庭をつくり私を育ててくれました。どんな時も私は母に守られ母と一緒でした。

頑張り屋さんで、バイタリティに溢《あふ》れる母。泣き虫でなにをするのも遅い私。

なにひとつ一人で出来ず、母の陰に隠れる私に、母は時にきびしい言葉をなげました。

母には私の全てが、もどかしく歯がゆく心配だったのでしょう。幼いのだから、仕方なかったと思うのですが、母としては、早くしっかりして自分の道を切り開き自立する女性になってほしいという願いが、強かったのだと思います。私なりに頑張ってみても、母の目にはいつまでも、めそめそのろのろの心許《こころもと》ない私が映っていたのでしょう。

その母が突然の病で逝ってしまった時、母を失った大きさ、寂しさに私は憔悴《しょうすい》し何も出来ずに泣いてばかりでした。

そんなある時、ふと窓のそとを見ると、小さな真っ白な蝶《ちょう》が、ひらひらと飛んでいるのに気がつきました。

十二月の冬に蝶？

白い小さな花びらのような蝶は、しだいにこちらに近づいて窓のガラスに、触れてはまた離れ何かしきりに囁《ささや》きかけているようにも見えました。

ちゃんと見てるから。

ふと聞こえた声。それが母の声のようで。蝶を見ているうちに心の奥底が、解きほぐされて楽になっていくのが分かりました。

私は涙をふき、食事を作るために立ち上がりました。振り向くと、蝶はもうどこにも、いませんでした。

母を失って三年後、私は女の子を授かりました。おなかが大きくなるにつれ、頼れる母もなく、どうやって出産し育てていけば良いのか不安は増すばかりでした。

「かわいい女の子ですよ」。看護師さんの笑顔と共に、真っ白なタオルに包まれた小さな娘が、私の胸元にやってきた瞬間。

私に触れた小さな小さな手、その指先に母そのものの爪の形を見つけて。

ここにいるよ。また、母の声が聞こえた気がし、心が楽になっていきました。

ありがとう大丈夫、私は今も頑張っています。


（二〇一二年十一月号掲載）

第2章

思い出づくし

ダンボールの中身

萩《はぎ》原《わら》朔《さく》美《み》
（多摩美術大学教授）

母親はなんでも捨てずに取って置く。手紙や領収書、期限の切れた保証書、古い手帳やカレンダー、短くなったエンピツ、書きそんじの原稿。どうみても保存する必要のないものまで捨てない。当然家は足の踏み場もない。

私は逆だ。なんでも廃棄する。自分の写真すら手元に置きたくない。掃除《そうじ》する時に捨てようか保存しようか迷わない。捨ててしまえば気持ちのいい空間が保てる。

昨年母親から緊急の電話があって同居することになった。中学の時から別々に暮らしていたから四十年ぶりだ。一人で歩けなくなったのだ。大変なことになった。掃除

である。廊下も階段もモノであふれ返っている。どの部屋も一人分しか空きスペースがない。

三カ月間、毎日通ってゴミと格闘した。なんとか同居できる空間を確保して、次に自分のモノの始末を始めた。本は古本屋さんに来てもらった。家具と電化製品は、友人知人に上げた。

同居して半年目、母親はあっさりと逝ってしまった。八十四歳だった。

数カ月後、母親の部屋の掃除を始めた。私は、あっと声を上げた。ベッドの下にダンボール箱が数個あって、中には思い掛けないモノが入っていたのである。私の小学生時代からの、イタズラ書き、クレヨン画、水彩画、油絵、宿題、答案用紙、成績表、賞状、学生証、修了証書、手紙、文集、同人誌、運動会のプログラム、文化祭の通知ハガキ、教師からの注意メモ。ありとあらゆるものが整理されて保存されていたのである。愕然《がくぜん》とした。母親が自分の部屋に置いたのは、私が見つけたらすぐに捨ててしまうと思ったからだろう。

私は沢山の自分を発見した。小学一年の大塚朔美（両親の離婚前の姓）は、学芸会で舞台に立っていた。小学三年の国語は二十点だった。何故か私の目は急にかすんできて、動かなくなった。それらのモノは総《すべ》て、母親の遺言書のように思えたからである。

（二〇〇六年九月号掲載）

美しき養母のこと

中島誠之助《なかじませいのすけ》
（古美術鑑定家）

両親は私が一歳と一カ月の時に相次いで世を去りましたので父母に関してのエピソードはありません。伝えられている限りでは肺炎で亡くなったということです。いまと違って昭和時代の初期の頃は特効薬のペニシリンは開発されていませんでしたから、私の両親と同じように肺炎で亡くなった人は多かったものと思われます。おそらく両親は働き者で過労から倒れたのだろうと考えています。

私に遺《のこ》された形見の品といえば父の着ていた着物が一着あるだけで、それさえも成人してから探し出して手に入れたものですから、心に残るものは全く無いといっても過言ではありません。

嬰児《えいじ》のまま世に残された私は遠い親戚にあたる家に養子に出すという形で貰われていきました。養母になってくれた女性の職業は横浜の花柳界《かりゅうかい》で一番売れっ子の芸者でした。じつに容姿の美しい人で養母が仕舞《しまい》を舞っている姿は鶴のように見え、子供心に「オカアチャマはキレイだ」と思わせました。そういえば養母は一般の家庭のようにに「オカアサン」とは呼ばせてくれなかったのです。その家では真綿にくるむようにして育ててくれたものですから、幼児期の私は却《かえ》って病弱になり泣き虫だったようです。

戦争が激しくなり日本中がアメリカの爆撃機に攻撃されて焼き払われました。横浜も大空襲を受けてホテルニューグランドの一郭《いっかく》以外はすべて瓦礫《がれき》の原っぱになってしまいました。関内《かんない》の花街も焼け養家は壊滅したのです。養母の旦那《だんな》になってくれていた絹糸業の紳士も敗戦と同時に亡くなったようです。

養母は少年の私を他所《よそ》に預けて横浜の特飲街《とくいんがい》で働いていたようです。何をやっていたかって、それはあの美しい賢婦人《けんぷじん》のためにいえません。たまに一ドル銀貨をみやげに少年の私を訪ねてくれました。学校から誰もいない家に帰ってきた時、養母が入口の上がり框《かまち》に腰掛けていました。思わず走りよって「オカアチャマァ」と叫び養母の胸に抱きついたことを覚えています。養母と生き別れになったのは小学校三年のときでした。流浪の身といったらば大げさですが少年の私はその時から流転の日々を過ごしました。養母の消息を知ったのは彼女の最晩年でした。訪ねていった養老院で一冊のノートを私に渡してその人は世を去りました。そのノートには私の実母の最後の言葉が記されていたのです。そこには「この子を頼みます」とありました。

（二〇一一年十一月号掲載）

鉄舟の掛軸

山川静夫《やまかわしずお》
（エッセイスト）

父は、書画骨董《こっとう》が好きだった。

静岡の貧乏神主《かんぬし》だったから高価なものはほとんどないが、自分で「これは」と思うものは桐の色紙箱《しきしばこ》に保存したり、表具屋《ひょうぐや》で掛軸《かけじく》にして楽しんでいた。

その中に、山岡鉄舟《てっしゅう》の「ふじのやま」と題する掛軸がある。薄墨《うすずみ》の筆で描かれたふじのやまと、見上げる男が二人、それに次のような「賛」が添えられている。

「はれてよし、くもりてもよし、ふじのやま、もとのすがたは、かはらざりけり」

父は季節ごとに床《とこ》の間の軸を掛け替え、私はその都度《つど》へばりついて父の作業を眺《なが》めていたのを思い出す。

中学生の頃だった。それまでは何の興味もなかったのだが、山岡鉄舟つまり山岡鉄太郎が明治維新の江戸城開城の折、西郷吉之助と談判《だんぱん》した場所が静岡だったことを知り、ふと、父が大切にしていた「ふじのやま」の掛軸に思い当たった。

そこで父にたずねた。

「あの鉄舟の軸はホンモノなの？」

父は苦笑いしながら即答した。

「ニセモンかもしれんな。でも、そんなことはどうでもいい。わしは好きだよ、はれてよし、くもりてもよし、だろう」

真贋《しんがん》はつきとめなくても、自分が気に入っているものならばそれでいいではないか、ということである。

歳月が流れ、父はもういないが、鉄舟の掛軸「ふじのやま」は今も私が大事にしている。そして、あの時の父のことばも次第に重く感じられるようになってきた。

どうも日本人の価値観や美意識は他人まかせが多く、有名作家の作品は常に珍重《ちんちょう》され値段も高い。たしかにそれはそれで目ヤスにはなるものの、自分自身の評価はどこへ行ってしまったのか。問題は〝自分の尺度〟なのだ。そのためには一生かけて自分の審美眼を高めていく必要がある。そのことを教えてくれたきっかけは、鉄舟の「ふじのやま」と父のことばだった。

（二〇〇七年十一月号掲載）

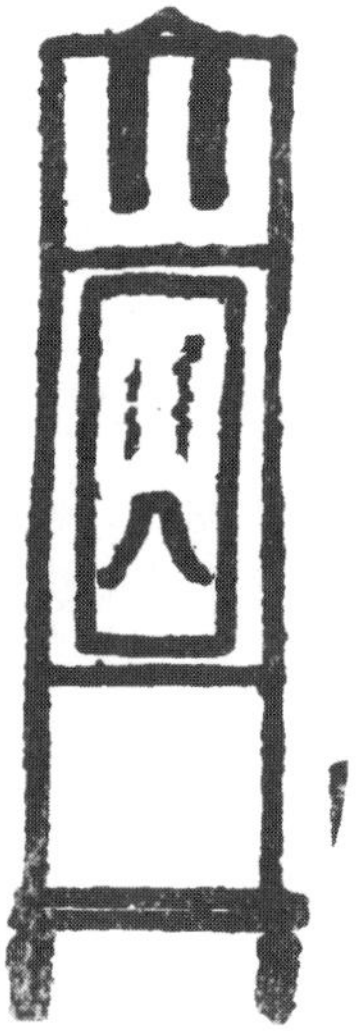

父との溝が埋まるとき

綱島理友《つなしまりとも》
（コラムニスト）

子供の頃、父は家にいない人というイメージがあった。漁業会社に勤めていた父は年間の半分は船に乗っていた。

一度、そんな父が自分の乗っている船に連れて行ってくれたことがある。それは大きな母船で、食堂でハヤシライスを食べさせてもらった記憶がある。そしてこのときデザートとして出てきたリンゴを、父がナイフで切って皮をむいて食べさせてくれたことも覚えている。家では何もしない父がリンゴの皮をむいてくれたのには、ちょっと驚いた。

ティーンエイジャーになると、父は最大の敵となった。戦争中に海軍予備士官だった父と戦後生まれの息子との間には、お互いに向こう岸の見えない大河のような溝が刻まれていた。とにかく価値観が違いすぎた。

高校生の頃に何の意見対立だったのかは忘れたが、「それは価値観の違いだね」と言ったら、こっぴどく殴られたのを思い出す。

今、思うと父は父で、自分の常識や想像力を超えた行動をする息子に対して、どう対応してよいのかよく分からなかったところがあったような気がする。「あいつは宇宙人か」と母に言ったことがあったそうだ。

そんな父が数年前から老人性の認知症を患《わずら》うようになった。少し前の出来事はすっかり忘れ、ときどき妄想を抱いているような言動もある。今度はこちらが自分の常識や想像力を超えた行動をする父に対して、どう対応してよいのかとまどう立場になってしまった。

そんな父を連れて、父の兄が住む大阪へ旅をした。このとき気がついたのだが、父とふたりきりで旅をするのは、子供時代にあの船に連れて行ってもらって以来の出来事だった。

大阪の父の兄もやはり認知症を患っていて、兄弟がお互いに過去の記憶があるうちに会わせておこうと思って出かけた旅だった。認知症の兄弟はお互いの存在を確認出来た。兄弟としての記憶は、まだ鮮明のようだった。

この旅以来、父は私のことを「お兄ちゃん」と呼ぶようになった。それは実際の兄と私を混同しているのか、単なる呼び方なのか分からないところがある。

今、父と私の間には、かつてのような大きな溝は存在しなくなった。

二世帯住宅で父と日常的に接しているが、父と私の関係が最も親密になっているのは今かもしれないと思ったりもする。この原稿を書きながら、ふと、思ったのだが、今度、父にリンゴの皮をむいてあげよう。

（二〇〇九年一月号掲載）

奇跡のアイスクリーム

沖藤典子《おきふじのりこ》
（ノンフィクション作家）

子どもの頃私は、北海道の十勝《とかち》平野、池田町というところに住んでいました。平凡な一家に父の結核、大量喀血《かっけつ》という変事が起きたのは十歳の時です。お医者さんはもう助からないといったとか。昏睡《こんすい》状態が続いていたある日、父はふと目を覚ましていったのです。

「アイスクリームを食べたい」

当時敗戦後間もない頃、北国の小さな町では、夏ならいざ知らず、真冬にアイスクリームを売っている店などありませんでした。

さてどうしよう。母が膝《ひざ》を打ちました。

「急行列車の食堂に行けば売っているかもしれない。典子、行ってきなさい」

池田町は、根室《ねむろ》本線の急行停車駅でした。

吹雪《ふぶき》の中、汽笛を鳴らしながら突進してきた機関車は雪にまみれ、列車の窓からは無数の氷柱《つらら》が垂れ下がって、巨大な白い牙のようでした。

「アイスクリームをください！」

食堂車の窓に向かって何度も叫びましたが、窓も凍り付いて開かないし、声も届きません。

列車の中に入るしかないと、氷で分厚くなったステップに足をかけたその瞬間、蒸気機関車がシューッという轟音《ごうおん》とともに真っ白な蒸気を噴き出しました。鋭い音と竜のように巻き上がる蒸気。驚きと恐怖で立ちすくんでしまった私。もうじき発車する、早くしなくちゃ、でも動き出したらどうしよう。恐怖が折り重なって足が前に出ません。列車はホームに私と汽笛を残して、雪に消えました。

私はわあわあと泣きながら家に帰り、母にしがみついて大泣きしました。不甲斐《ふがい》なさがくやしくて、このまま父が死んでしまったら私のせいだと恐ろしくて……。

母も涙を含んだ目になって、「一人で行かせて悪かったね。今度は近所の人に頼むから一緒に行くのよ」。

おじさんは何のこともなく車内に入り、アイスクリームを買ってきてくれました。

その後父は、医師も驚く回復をしました。はるか後年になってからも、よくいったものです。

「典子が買ってきてくれたアイスクリームのおかげで、父さんは命拾いしたんだよ」

母は最初の失敗を秘密にしてくれました。私もあの時の意気地《いくじ》なしの自分をいえませんでした。父は典子一人で買ってきてくれたと信じたまま、あの世に行きました。

あれから半世紀以上、もう時効ですね。

あの時まさに奇跡だと人々が讃《たた》えたアイスクリームは、母への感謝の思いとなり、父へのいささかの後ろめたさとなり、私の胸の中でいまだ溶けずにいます。

（二〇〇九年五月号掲載）

父の教育

わかぎゑふ
（女優・作家・演出家）

私は父の晩年、五十六歳の時に生まれた子どもだった。父の口癖は「残念ながら、僕はきみが二十歳になるまで生きてへんと思うで」。

子供の頃はそれが悲しくてよく泣いたりもしたが、いつの間にか「ま、人間いつか死ぬねんから、その時はその時やん」と言い返せるような強靭《きょうじん》な精神力を持つ中学生に育った。ひょっとしたらあれも父の教育のひとつだったのかもしれない。

父とはよく映画の話をした。だが普通の親のようにいい話、素敵な教育なんかしてくれたことはなかった。

「ふー子（私のことをそう呼んでいましたね）、あの女優見てみぃ、ソフィア・ローレンって言うんやで。ええ女やろ、あの口の大きいのが格好ええねん」なんて話がいつもメイン。

女が何を着たら綺麗か、どう振舞ったらビビッとくるか、何を言ったら可愛《かわい》いと思うなんて、女の話ばっかりだ。何を考えてたのか、考えてなかったのか知らないが、おおよそ中学生の女の子に聞かせても、人生の役に立つ話はなかった。

が、恐ろしいことに私は三十歳を超えてから、脚本家とよばれ、演出をするようになった。とたんに父の言っていた格好いい女、可愛い女の仕草や表情の指導が役にたった。不思議なものである。

それから彼は私によくレポートを書かせた。見てきた映画の感想文を書けと言うのである。父に提出すると「なかなか面白かった。また書いて聞かせてください」などと採点する学校の先生のように赤字でメッセージの書かれたものが戻ってきて、千円札がクリップで挟んであった。

「これでまた別の映画を見て、聞かせてください」ということだった。もちろん、面白くなかったらお金は付いてなかった。

映画代を稼ぎたい私は一生懸命、父にレポートを提出したものである。おかげで、まず友達に映画の話を聞かせるのが上手くなり、手紙の達人になり、そしてエッセイストにもなった。

なんだろう……父は見抜いていたのだろうか？　とさえ思うことがある。実際には私が高校生の時に（自分の予告どおり、私が二十歳になる前でしたね）死んだので、彼はまったく自分の教育が浸透した娘の姿を見ることもなかったが。

面白くて、お茶目な父、素敵な男だった。

（二〇〇九年六月号掲載）

智恵と規範

竹《たけ》田《た》津《づ》実《みのる》
（獣医師）

我が家は世間並みに貧しかった。

子供は六人。父は今風に言えば日雇い労働者で、母も近所の料理屋で皿洗いなどをして子供を大きくした。

貧乏であったが当時はこれが当たり前で、金持ちをうらやましいと思った記憶がない。あの人は金持ちですと言われてもピンとこなかった。今思えば、それを持てば金持ちであるといったものがなかったように思われる。

だから貧しかったが誰も自分が貧乏とは思わなかった時代である。

確かに家には何もなかった。

代わりに……といっていいかどうか分らないが、私たち子供には自由と時間と自然は無限にあった。

母の口ぐせ。

「子供は外、外で遊びなさい。家が汚れる」

余程の大雨でない限り子供は外で遊ぶものと決められていた。

海や川、森や田んぼのあぜ道が私たちの遊び場であった。泳ぎ、もぐり、のぼり、走った。

セミ取り、魚釣り、ヤマイモ掘り、シイの実ひろい。畑の肥溜《こえだめ》に落ち、マムシに噛《か》まれ、水におぼれて半死となった。縄文人、狩猟民の経験を全てやった。私は私の人生に必要な智恵はほとんどこの時期に得たと思っている。

貧しかったことが少しもマイナスにならなかった時代であった。

父の口ぐせ。

地震雷火事親父《おやじ》、ことわざどおりの地位にあった。怖い存在だった。

「品のないことはすな」

「するな」と言わずに「すな」とはしょった。

私は九州男児。

父は九州人の品、男の品にこだわった。

女の子とケンカをして泣かせる。一、二度では登場しないが、三、四度となると母が父に頼むのらしい。

いかなる理由があろうと「女を泣かせる男は品がない」で終わった。これはこたえた。頭をゲンコツでガンとやられる方がずっと楽だった。「品がない」という父の言葉に自分の行動の規範があった。

時としてそれを破ると部屋に呼ばれた。

「座れ」と言って正座させられ、「普通の人間はそんな品のないことはしない!!」と。

父は普通人であることを第一とした。私たち兄弟はそのことを家訓として育ったふしがある。


（二〇〇九年十月号掲載）

「安全ルール」と「不屈の希望」

三宮《さんのみや》麻《ま》由《ゆ》子《こ》
（エッセイスト）

私が両親から教わった二つのことは「安全ルール」と「不屈の希望」だと思っている。それはおそらく、両親からもらった最大の遺産ともいえるだろう。

私は、幼稚園入園直前に、目の手術を経てシーンレス（私の造語で全盲者の意味）となった。

一年の入院中、母は毎日私に付き添い絵本の読み聞かせなどをしてくれた。父は遠距離通勤を押してよく通ってくれたという。申し訳ないことに、私はその記憶がほとんどないのだが。

シーンレスになって、まず両親が徹底して守ったのが、家のなかの「安全ルール」だった。私の通るところには物を置かない。隅《すみ》っこでも床や階段の上に尖《とが》った物や滑りやすい物を置かない。階段の降り口の数センチ手前で絨毯《じゅうたん》を切り、足で探って階段の始まりが分かるようにする。ドアは半開きにしない。私の物を黙って動かさない。

列記すれば切りがないが、これらの細かいルールは、単に義務感だけでは務まらない。隅々まで気配りする愛情があってこそ成立するルールなのだった。現に、これはシーンレスに限らず誰の安全にとっても大切な基本ルールなのに、一歩家の外に出れば厳格に守られている所はほぼ皆無と言ってもよいだろう。我が家では、それがほぼ一〇〇%の確率で守られたのである。

そんな両親が私に叩き込んでくれた精神、それが「何があっても希望を持て」という教えだった。不屈の精神とよくいうが、これは「不屈の希望」と言いたいような堅固な信念で、一般中学の受験拒否や、就職活動の困難など、私が絶望しそうになったときに特に威力を発揮した。自暴自棄になりかけた私に、両親は根気よく言い聞かせるのだ。

「希望を持っていれば必ず道が開ける。しかし、捨てたらすべてがお仕舞いになる。そして希望を持つのは、ほかの誰でもない、麻由子自身なのだよ」

まるで呪文のように、私は繰り返しこの教えを受け、半ば信仰に近い思いでそれを実践することになった。おかげで私は、友人に対しても安全ルールのような気配りを適用し、自分が落ち込んでいるときでもポジティブな会話を心がけられるようになった。

挫折《ざせつ》を繰り返しながらも、結局この贈り物は、いまも私の生き方の指針となっているのである。

（二〇〇九年十二月号掲載）

見合い写真による立証

ひろさちや
（宗教評論家）

父は、敗戦の翌年の一九四六年九月に、シベリアにおける強制労働のために死にました。あのソビエトによる強制労働は、アメリカの原爆投下と同じ様に国際法違反の戦争犯罪です。絶対に許すことはできません。父の死はわたしの十歳のときです。

それで、われわれ遺族は父の五十回忌を、一九九五年に営みました。息子が父の五十回忌を営むのも、そうざらにはありませんが、わたしの母、つまり妻が夫の五十回忌を営むのは珍《めず》らしいことです。そのとき母は八十一歳。

わたしはわが家の墓の前で、母に言いました。

「お母ちゃんが死んでお浄土に往《い》ったら、きっとお父ちゃんは、〝あなたは誰ですか？〟と訊《き》くやろなあ……。だって、お母ちゃんがお父ちゃんと別れたのは、お母ちゃんの三十歳のときやった。まだ若い女性やった。八十歳のお婆さんなんて、お父ちゃんには想像つかへんやろなあ」

ちょっと辛辣《しんらつ》な言葉であったかもしれません。でも、この言葉の前に、わたしは母に、あの敗戦後の混乱期に、女手一つでもってわれわれ四人の子どもを育ててくれたことに対する感謝の言葉を捧げています。お浄土で再会したら、きっと父は自分の妻に、

「よくやってくれた。ありがとう」

と言うに違いありません。それはそうですが、「でも、お父ちゃんは、びっくりするやろなあ……」と言葉を続けたのです。

墓の前でわたしがそう言ったとき、母はちょっと苦笑していました。

それから数日して、母はどこからか自分が結婚したときの見合い写真を捜し出して

来て、わたしの妹に渡したそうです。母は現在、わたしの妹と同居しています。

「わたしの棺桶《かんおけ》にこの写真を入れといて。お浄土に往ったら、お父ちゃんに、〝わたしはこれです〟と見せるからな。そうするときっと、お父ちゃんも思い出してくれるやろ……」

そう母が言ったと、妹はわたしに報告してくれました。

すばらしい母です。わたしの大好きな母です。

あれから十五年。九十五歳になる母は元気でいます。ひょっとしたら、父は待ちくたびれているかもしれません。


（二〇一〇年七月号掲載）

忘れ得ぬビンタの重み

磯田和一《いそだかずいち》
（イラストレーター）

幼少年時代、母にはしばしば叱られたが、父に叱られた思い出はほとんどない。父は印刷所の植字工で家計は裕福とはいえなかったが、子煩悩《こぼんのう》で楽天家だった父には、貧乏臭さが全くなかった。昔の職人にありがちな、飲む・打つ・買うも一切せず、そんな父の一番の楽しみは、年に一度の天神《てんじん》祭りで毎年欠かさず獅子舞を踊ることだった。

こんなふうに祭り好きだった父は、四人もの子持ちだったが、満遍《まんべん》なく愛情を注ぎ、経済的理由から家族全員で遊びに行くことこそできなかったけれど、休日には決まって一人一人を順番に、やれ動物園だとか夜店だとか、やれ祭りだとか映画だとかに連れて行ってくれた。

これほどに甘くて優しくて明るかった父が、一度だけ他人と殴り合うのを見たことがある。それは僕が八歳の頃。当時は穀物類はもちろん、乾物類や野菜類が配給制で、多くの人々が満足できる量など手に入らない時代だったのだが、ある日ジャガ芋の配給の列に父と一緒に並んでいた時、どこからか僕の足下にジャガ芋が一個転がってきた。僕はとっさに、それを拾い上げるとポケットにねじ込んだのである。

だが、運悪く区役所の配給係に見つかってしまい、彼は僕の腕をねじ上げて「この盗《ぬす》っ人《と》が！」と罵《ののし》ると、僕からジャガ芋を取り上げた。そして僕の頭を拳骨《げんこつ》で殴り続け、投げ飛ばしたり足蹴《あしげ》りするのだった。

「こらぁ、おのれ！　相手はまだ子供やろ。殺す気かいっ！」と配給係の青年に殴りかかり、止めに入った町内の人も、「あの大人しい磯田はんが、あんなに怒りはるのは見たこともない」と不思議がるほど、喧嘩《けんか》などするはずのない温厚な父が激怒していたのだ。

僕は嬉しかった。気の弱いオヤジだとばかり思い込んでいた自分の父が、自分のために闘ってくれたのだ。僕は父を誇らしく思い、怪我《けが》の痛さも忘れて得意満面、配給の列を離れたのであった。

と、路地に入り、皆の目がなくなった時だ。「人さんのもんを、猫ババするような奴に育てた憶《おぼ》えはないぞ。今度あんなことしたら、腕へし折るからな」。父はいきなり怒りだし、配給係のお兄さんより何倍も強烈な力で、僕の頬《ほお》に往復ビンタを走らせたのである。父が逝って三十四年……、今改めて、こんな父に育てられたことに感謝している。

（二〇〇七年一月号掲載）

第3章

家族という名の奇跡

夫婦の愛情

里《さと》中《なか》満《ま》智《ち》子《こ》
（漫画家）

母の愛情表現はとにかくストレートで派手。しかも思ったことはすぐ口に出すタイプ。父にむかって「ねぇ、愛してるわ！　こんなに人を愛せるなんて奇跡よね！　あなたがいないと生きていけない！　あなたはどう？」と、いきなり問いかけるのは日常茶飯事。子供がいても、他人がいても気にしない。父は困ったようにもじもじしながらも「ああ、うん」と答えていた。照れながらも、イヤな気はしなかったのだろう。父はどこへ出かけても予定より早く飛んで帰ってきて、「おかえりなさい！」と飛びついてくる母を受け止めていた。

私が小さい頃は、母の「愛しているわ」にもじもじしていた父も、結婚二十年目を過ぎるあたりからは「愛してるわ！」と言われると「愛されてるよ」と答えるようになっていた。慣れとは恐ろしい。が、端《はた》で見ていてそういう様子はほほえましくて、ほっとさせられたものだ。

「私たちが愛しあった結果、あなたが生まれたのだ」という実感を与えてくれることは、子供の心に「自分はかけがえのない存在なのだ」と信じさせる力がある。もしも今、もう愛が冷めている人でも「あなたが生まれた時は本当に愛しあっていたのよ」と言うだけでも、子供の心の安定につながるはずだ。

母の愛情表現に慣れてしまうと、父もそれに充分に応えていた。両親は子供よりもまず「自分たち」を大切にしていた。母は父のいないところで私と妹に「いかに夫がすばらしい人か」をのろけ続け、父は父で母のいないところで「お母さんはすばらしい女性なのだからできる限り親孝行してあげてくれ」と頼んだ。

どんな夫婦でもお互いへの不満はあるはずだが、不満よりも喜びに目をむけることで、充実した結婚生活を続けられたのだと確信できる。

父は十年近く前に亡くなった。亡くなる前も、私と妹に「もっとお母さんを大切にしてやってくれ」と言った。世間の基準で言えばこれ以上できないくらい親孝行しているつもりだったが、それでもそう言う父の母への思いやりに感動した。

父の死後、見るかげもないくらい落ち込んでいた母は、ヨン様にはまって元気をとりもどした。そして毎日父の写真に語りかけている。「ヨン様ってステキでしょ。でもあなたが一番よ」と。父は天国で元気になった母を見て安心しているはずだ。父と母の愛は今も育ち続けている。

（二〇〇八年十月号掲載）

慟哭の夜空

坂田信弘《さかたのぶひろ》
（プロゴルファー）

父の家は貧しかった。父の出身地は熊本県の深き谷間《たにあい》の村、五家荘《ごかのしょう》。父がその貧しさを私達に語る事はなかった。ただ、母から聞いた事が一つだけある。父は幼少時から働き始め、その勤勉さを村の坊さまに認められ、坊さまの寺に住み込み、小坊主《こぼうず》をやりながら小学校、中学校に通ったらしい。そして兵隊となった。部隊ではパン作りの勤務についた。

母の家は豊かだった。熊本市十禅寺町《じゅうぜんじまち》の宮原神社の宮司《ぐうじ》の娘として生まれた。母の父は熊本で最初の近衛《このえ》騎兵将校となった。

縁ありて二人は一緒になった。父と母は満州へ行った。

戦《いく》さ終わり、父と母は満州から引き揚げ、父は和菓子職人になった。熊本市内で独立し、店を三店舗持った。経理部長の使い込みと友人の保証人倒れで倒産した。

米買う金のない日が訪れた。父は血を売った。母はその金で買った米を泣きながらといだ。私は働き始めた。中学二年の十一月だった。新聞配達、牛乳配達をした。中学二年生にとって自転車と牛乳瓶《びん》は重かった。二つ下の弟・幸二も働き始めた。新聞配達をした。

二月。集金の日、弟が集金した金を失くした。その頃、父は家族全員で過ごせる場所を見つけたら呼ぶからな、と言って東京へ出て行き、熊本にはいなかった。母と私と弟二人、妹で捜した。貧しき者は疑われる。母はそれを恐れた。必死に捜した。

夜、十一時過ぎ、派出所のおまわりさんが街をうろつく私達に声をかけて来た。集金の金は届いていた。小学生の女の子が道端で拾って届けてくれていた。

熊本市国府《こくぶ》の市営住宅に帰る途中、母がポツリと言った。

貧乏って悲しいネ。

弟が泣いた。妹も泣いた。私には父との約束があった。男は泣くな。親が死んでも泣くな。私は夜空を見た。星がきらきらと輝いていた。僕は泣かん、絶対に泣かんぞ、と思った。

　中学三年の十二月二十四日夜。父を追って家族五人、急行の夜汽車で熊本を夜逃げした。尼崎《あまがさき》へ逃げた。兵庫県立尼崎北高に進学したが学校に行く日は週に三日。残りの日々は父と母と共に尼崎市内の建設現場で働いた。スコップ一本の生活だった。父は私が十九歳の時、兵庫県の山奥の村、西谷《にしたに》で鬼籍《きせき》に入った。脳溢《のういつ》血《けつ》だった。熊本の水ば飲みたか、が最後の言葉だった。私は泣かなかった。あの日から家族五人で生きて来た。母が言った。生きるって喜びと悲しみの各駅停車だネ。苦しい事なんかありゃしない。悲しい事があるだけだ。悲しい駅に着いたら一生懸命生きる努力すりゃいい。そうすりゃ汽車はすぐに出て行ってくれる。喜びの駅に着いたらもっと一生懸命に生きりゃいいんだ。そうすりゃ汽車はいつまでも止まってくれてるよ、と。

その母が昨年十一月十九日、逝った。八十六歳だった。私は泣かなかった。父を想い、母を想う。私は相も変わらず、日々、適当に過ごしている。ただ、あの夜の星空は忘れない。美しかった。大きな夜空だった。

貧乏って悲しいネ。

その言葉を忘れない。

母の慟哭《どうこく》の夜空だった、と思う。

（二〇〇九年四月号掲載）

ねぎらう言葉

岸本《きしもと》葉子《ようこ》
（エッセイスト）

父親を九十歳で見送った。最後の最後は入院したが、それまで在宅で介護していた。

さびしいといった感情がわく前に、ただただ気が抜けている。逆に言うとそれほどに生前は気を抜くときがなかった。

父は昼間も車椅子に身を預けて過ごす。ベランダで洗濯物を干していて、振り返るとあるべきところに父の顔がない。室内へ駆け込むと、背もたれに沿って足の方へ父の体がずり下がっていた。座位を保つ筋力がもうないのだ。家事をしつつも目が離せなくなった。

認知症が進むと、本人からの発話はしだいになくなり、かけられた言葉のおうむ返しになると聞く。「寒くない？」と問うと「寒くない」と言い、「寒い？」と続けて問うと「寒い」。冷えていないかどうか、私が判断する他ない。ひとりの人間の生命に全責任を担っている緊張感が常にあった。

それがなくなり、呆然とした。父の家の片付けにも着手せず、近所の人にも言わずにいた。半年ほど経ちようやく、会えば亡くなったことを話して挨拶《あいさつ》をするようになる。先日はカフェレストランの若い女子店員に会った。父を散歩に連れ出すことができていた頃よく立ち寄った店だ。

店員さんの目にみるみる涙が満ちた。泣くことも忘れていた私は、生々しい反応にとまどう。「私が新人で叱られてばかりいる頃で、にこにこ『ありがとう』と言ってくれるのがほんとうに支えだったんです」と彼女。

言われてみれば、以前何回か入院したときも、父は看護師さんたちに妙に人気があった。「私たちにも優しい声をかけてくださって」と研修医から言われたこともある。

発話がしだいになくなった父の、私への最後の言葉は思い出せない。ただ車椅子の上から「たいへんだね」「ずいぶんあるね」とはよく言っていた。私が大量の洗濯物を抱えて右往左往しているときだ。「ずいぶんある」のは父が失禁し、それをまたさわって広げてしまうからで、言われた私が内心苛立《いらだ》ちをおぼえなかったとすれば嘘になる。が、あれも父の感謝とねぎらいの表現だった。それに対し私はどんな返答をしていただろう。

考えてみれば、排泄を含む世話のいっさいも、暑い寒いも言えない人の命に全責任を負うことも、赤児の私に父母はしてきた。それについて恩を着せるようなそぶりはいちどとして見せなかったのに。介護の頃の自分の態度を省《かえり》みる日々である。

（二〇一五年一月号掲載）

不動の価値

太田《おおた》和彦《かずひこ》
（エッセイスト）

六十四歳の私は父母そして兄もすでに亡い。

先日、その父母兄が夢に現れたが、何か言い争いをしている夢で、目覚めた後味が悪かった。その同じ夢を三晩続けて見て、これはいけないと、数日後、墓参りに行った。墓には父母兄がいる。春の彼岸《ひがん》に行かず終《じま》いになっていて気にはしていた。

妻と二人、墓を洗い、花を添え、じっと手を合わせた。すると不思議なことにその日から父母の夢はぴたりと見なくなった。

家の居間に父母の写真を置いていて、ときどき見る。写真は笑っているものを選んだ。仕事などで大切なことのある日は特に見るが、父の顔は「しっかりやれよ」と言っている。なにか嬉しいことがあった日は「よかったな」と笑っている。いろいろうまくゆかず、くさっている日は「まあ、そういう時もあるさ」と苦笑いしている。忙しくてしばらく見るのを忘れていた時は「しばらくぶりだな」という顔だ。その隣で母はつねに「そうよ、父さんの言う通りよ」と笑っている。同じ写真なのにいつも表情が違って見える。

このことを妻に話すと「私もそうなの」と言った。よいことがあった日は特に笑い顔がいいと言う。妻は私の父を尊敬してくれているようで嬉しい。

親孝行しないままに、また父母の有り難さを真に思わないうちに亡くしてしまった。そして気づいたのは、「不動の価値」が生まれたということだ。生きているうちは父母の言動に気をつかい、介護に手がかかったり、それが十分できないはがゆさがあったり、父母への気持ちも揺れたりしたが、それは永遠になくなった。もう父母への気持ちが変わることはない。

不動の価値とは、心の絶対的なよりどころだ。迷い、不安、心配ごとがおきたら父母を思えばよい。そうすれば心が定まり、何も恐れなくなる。心配ごとが的中したら運命と思えばよい。最も大きな心配ごとは自分の死だが、それを予感した時、私は父母を思い浮かべるだろう。父母のところに行けると思えば不安は弱まるだろう。

父母はこんなにすばらしいものを残してくれた。そしてまだ生きて、私をはげまし続けてくれている。

（二〇一〇年十月号掲載）

肌の記憶、心の思い出

渡辺《わたなべ》一枝《いちえ》
（作家）

私は父を知りません。予備役《よびえき》だった父が召集されたのは、私が六カ月の赤ん坊だった時です。母に「この子を頼む」と託して出かけた父は、それきり還《かえ》ってはきませんでした。私に父の思い出はありませんが、慈《いつく》しまれ、愛されていた記憶は、強く私の内にあります。母から、また父を知る人たちから幾度となく聞かされた父の姿から、私はその記憶を身の内に育ててきました。そしてまた、父自身が三歳で両親と死に別れ天涯孤独であったと知ってからは、その記憶は一層強く私の内に刻まれました。

そんなことが本当にあるのかどうか判りませんが、皮膚に残る思い出として、父に抱かれていたことを憶《おも》い出す時があります。どこかで何かの折に、幼子を抱いてあやすお父さんを見かけたりすると、抱かれている赤ちゃんの様に、私もくすぐったさを覚えたりするのです。私に残る父の記憶は、そんな風に肌に残る記憶です。心が充分育つ前の記憶とでも言ったらいいでしょうか。

一歳半の私を連れて日本に引き揚げた母は、それからの日々、生活の糧《かて》を得るのに厳しい毎日だったと思います。私を実家に預けて、単身赴任で、山奥の分校の教師をしていました。母と一緒に暮らすようになったのは、私が五歳になった頃でした。

母の思い出は、父のように甘やかなものではありません。叱られた思い出です。プールの縁《ふち》で逆《さか》さ吊りにされて、「ごめんなさいを言いなさい」と、折檻《せっかん》されたことです。母に叩かれたこともないし、そんな風な叱られ方は、ただその一度きりです。叱られる素になるようなどんな悪さをしたかも覚えがなく、足首を摑《つか》まれて水面に頭がつきそうになりながら「大きくなったら、こんなお母さんには絶対なるまい」と思ったことだけは、よく覚えています。母を激昂《げっこう》させるようなとんでもない悪さをしたのではなく、たぶん素直に謝らない私の強情《ごうじょう》を叱ってのことだったのでしょう。そしてまたたぶん、母も私も互いに接し方に戸惑ってもいたのだろうと、今は思います。

子どもの頃の母の思い出はこんな強烈なものですが、自立して生きた一人の女性として、私は母を尊敬しています。女手一つで私を育てた体験からでしょうか、四十過ぎてから日本福祉大学の夜間部に通い資格を得て、保育園を設立して園長を務め、晩年は老人施設作りに奔走《ほんそう》した人でした。もっとゆっくり、しみじみと語り合いたいと思うようになった頃母は倒れ、叶わぬ別れとなりました。

（二〇一一年二月号掲載）

いまは同じ墓のなかで

小関智弘《こせきともひろ》
（もと旋盤工・作家）

もしも存命ならおやじは百八歳、おふくろは百六歳になるが、おやじは六十一歳で、おふくろは九十七歳まで生きて九年前に世を去った。墓参りをするたびにおふくろが「あの人と同じ墓に入るのだけはごめんだよ」と言っていたのを思い出しては苦笑する。若いころから目先が利《き》いた魚屋のおやじは、酒好きで気性も荒っぽく、客商売だから外面《そとづら》はともかく、特におふくろには暴君だった。うっかり口返答などしようものなら算盤《そろばん》で殴られたと、思い出話を聞かされた。魚屋だからいつも手を濡らしていたが、たばこの火をつけてくわえさせるのはいつもおふくろの役目だった。それで近所の人はみな、おふくろがたばこを吸うものと信じていたので、戦争中たばこが配給制になったとき、わが家ではふたりぶんのたばこが貰《もら》えたと、このときばかりはおやじも上機嫌でおふくろと笑い合っていたのを、子どもも心にも鮮やかに記憶している。

戦後は魚屋稼業も廃《すた》れて、おやじは朝から酒びたりで夜は幻覚に悩まされる暮らしぶりが続いた。なけなしの金のやりくりをするおふくろは、おやじに怒鳴られるたびに近所の酒屋に〝一合買い〟に走らなければならなかった。そんな晩年だったから、おやじが急性肺炎でぽっくり死んだとき、おふくろは涙ひとつ流さなかったし、後のちいっしょに暮らした弟のはからいでたばこ屋を開業して〝看板娘〟になると、「あの人が早く死んでくれたおかげで、いまはしあわせだよ」と言うようになった。おふくろのしあわせは、おやじの死後四十年余り続いた。貧しい家に生まれ育ち、小学校も中退して電球女工になったおふくろが、おやじと結婚して魚屋の女房として生きた時間より長かった。弟が「差し引きすれば、まあしあわせだったのだから、もうかんべんしてもらおうよ」と提言して同じ墓に入って貰った。

わたしも喜寿《きじゅ》を過ぎるまで生きた。七人もの孫に恵まれて、いつも女房とふたりでその墓に手を合わせる。おふくろのことを近所の人は、仏さまのような人だったと言ってくれた。おやじのことを鬼のようなとあからさまに言う人はあまりないが、似たような悪口はずいぶん聞かされた。そのとおりと相槌《あいづち》は打つが、でもあまり言われると両手を拡げて待ったをかけたくなるのは、息子だからだろうか。

少年時代向学心に燃えていたおやじは、「学問でメシが食えるか」の祖父のひと言でその道を絶たれた。「貧乏しても学問だけは身につけろ」が、のんだくれの勝手な口癖であった。

（二〇一二年二月号掲載）

命のラブレター

おちとよこ
（ジャーナリスト・作家）

　その手紙には、切手はなく、宛名もなく、そして封もされてはいませんでした。裏を返すと父の名だけが記された一通の手紙。それを初めて私が手にしたのは、今から十五、六年ほど前のことでした。

　父は定年後発病した病との長い付き合いで、関節は変形し、車いす生活を余儀なくされていました。その介護疲れから入退院を繰り返していた母。二人の介護を、一人娘の私が綱渡りのように続けていたころのことです。介護保険制度はまだ産声《うぶごえ》すら上げていませんでした。

そんなある日のこと、父が「おい、今度、封筒と便せんを持ってきてくれ」と、私に言いました。「あら珍しい、だれかにラブレターでも書くの？」と冗談を言いながら、私は無難な白い和封筒と便せんを買い求めて父に届け、そのまますっかり忘れていたのですが……。

数カ月ほどしたある日のことです。「これ預かっておいてくれ」と、その封筒が私の目の前に。中には便せんが二枚。ペンを握るのも不自由な手で、父が懸命に書いたと思われる文字がびっしりと連ねられていました。冒頭には、「要望書」の三文字が並び、「一つ、私の病気が現在の医学では不治で、すでに死期が迫っていると診断されたら……」と始まり、いたずらな延命や生命維持装置、無意味な蘇生を望まず、安らかに、すみやかに尊厳ある最期を希望する旨《むね》が箇条書きされていました。

それからというもの、毎年父が正月をわが家で過ごすたびに、「あれ、あのままでいいの？」、「おう、頼んだぞ」。そんな暗号のような会話が父娘間で交され、封筒は私の手元で年月を重ねていきました。永遠に私の胸だけにしまっておけたら……と願いながら。

しかし、無情にも決断の時は訪れました。肺炎で入退院を繰り返した父は、頼みの抗生剤も効かず両肺が真っ白に。もはや人工呼吸器を装着するしかないと言う医師に、私は意を決してその封筒を差し出しました。

意識のない父のベッドの傍らで、黙ってその文面を追っていた医師が、やおら顔を上げ、深く頷《うなず》いてくれたその途端、私は突然涙があふれ、嗚咽《おえつ》が止まらなくなりました。父の希望を叶えてやれたという安堵《あんど》と、この手で命を縮めてしまったという切なさ……。

その数日後、治療の苦しみから解かれた父は、安らかに旅立っていきました。命を丸ごと預けてくれた父からの手紙は、どんなラブレターよりもズッシリと重く、今も、私の心に残っています。年忌を重ねるにつれ、より鮮明になりながら。

（二〇一二年五月号掲載）

父は優しく、母は強く

荒俣《あらまた》 宏《ひろし》
（博物学者・小説家）

どういえばいいのだろう、我が家ではおかあさんがおとうさんで、おとうさんがおかあさんなのである。え、わけがわからない？　では、もうすこし事情をお話ししよう。

私の母は今年九十三歳になる。心配事をさがすのが元気の素であるらしく、今もなお、揃って六十歳前後になった子供三人の行く末（といってもそんなに長くないが）を心配をしながら暮らしている。母は、我が家がピンチになればなるほど存在感を示した。忘れられないのは、昔進駐軍と入れ替わった在日米軍の戦車隊が列をなして我が家の前を通った日々のこと。ときどきジープが店の前に停まることがあった。うちは瀬戸物屋を営んでいたので、九谷焼《くたにやき》の置物などをお土産《みやげ》に買いによるのである。このとき対応するのが、たいていは母だった。敗戦国という負い目もなく米兵とわたりあい、高価な品物をみごとに売りつける。この度胸に感動した。

そんな我が家にダンプが飛び込んだことがあった。電信柱を折り、店まで走り込んだのだが、ちょうど母がその前で洗濯をしていたのだった。われわれ子供はてっきりダンプの下敷きになったと観念した。しかし奇跡が起こり、母が泥だらけで溝から這《は》い上がってきた。血って、ほんとは黒いんだと、私は驚いたが、あとでたしかに溝の泥だと判った。母はダンプが飛び込む瞬間、反射的に溝へダイブして難を逃れたのだった。

いっぽう、父はかぎりなく優しかったし、子煩悩だった。趣味は町内会の世話焼きである。しかし商才に恵まれず、何度か夜逃げをした。父も悔しかったのだろうが、表には出さなかった。しかし、ほんとうに窮地に陥ったとき、母が起死回生の賭けに出た。信用金庫に掛け合って多額の借金をし、物置の上に貸間を二部屋増築したのである。母は借金返しのために柔道着縫いの内職、保険の外交、そして店の切り盛りを同時にこなした。この貸間業は成功し、我が家は急場を凌《しの》いだ。その後、母は余裕ができると土地を買い、貸店舗をいくつも建てた。やがて、立派な家もできあがった。父も七十歳まで黙々と勤めを続けた。

今になって、ごく普通で日本人らしい頑張り屋の両親から生まれることができた幸運を実感している。何よりも、戦争中に見合いで結婚した二人は人生の戦友であり、惚《ほ》れたハレたを超越して尊敬しあっていた。

（二〇一二年九月号掲載）

いつも君の味方

（富士心身リハビリテーション研究所理事長）
髙橋《たかはし》伸忠《のぶただ》

いやいやピアノのレッスンを受けていた時のことです。先生の家のにわとりが、頭の赤い冠を振って、〝僕のほうがうまいよ〟とばかりに得意そうな顔をしたので、「それならお前が弾《ひ》いてみろ！」とピアノの上に置いて破門になったことがありました。

小学校低学年の頃の私は、母の望んでいるような〝良い子〟ではなかったようです。私としては、おとなは何故、子どもの気持ちが分からないのかとても不思議でした。

このような時に、母はいきなり叱りつけることなく私の不満をよく聞いて充分話し合ってくれたので、私もおとなの考え方が少しずつ理解できるようになりました。

五年生になったある日、友人と三人で坂道を自転車のブレーキをかけないでどこまで走ることが出来るか競争していて、突然飛び出してきたリヤカーと衝突し、三人とも放り出されてしまいました。幸いリヤカーのおじさんを含めて全員ケガはありませんでしたが、そのおじさんが私の家に怒鳴り込んできたので、父母が何度も頭を下げて謝ってくれました。

今度こそ厳しく叱られるだろうと覚悟を決めていましたが、母は「お母さんはどんな時でも君の味方だよ。でもね、他人《ひと》に迷惑をかけた時には素直に認めて、決して言い訳をしたり、逃げたりしないで、きちんと謝ってほしい」とやさしくさとしてくれました。

一方、父は細かいことには口を出すことなく、大きな雷を落としたのは数回ほどです。しかし、その表情が厳しくなっただけでも、とても怖かったことを今でもよく覚えています。

その後も失敗をくり返したり、人生の大きな嵐にも出合いましたが、そのたびに

「失敗したら素直に謝る、卑怯《ひきょう》な態度は絶対にとらない」と心がけました。そうすれば、父母はいつも私のそばにいて、あの大きな温かな懐《ふところ》に私を包んで見守ってくれると信じて今日まで生きてきました。

（二〇〇六年三月号掲載）

ダンシガシンダ

松《まつ》岡《おか》ゆみこ
（タレント）

父、立川談志《たてかわだんし》が亡くなって一年が経った。あっという間の一年だった。父が喜んでくれそうな場所に、スプーン一杯程の父の骨の粉を撒いた。練馬《ねりま》の八重桜、ハワイ、沖縄の海。「さよなら」ではなく、「パパ、元気でねー」という想いだった。

よく人に聞かれる事がある。「談志さんはお家《うち》ではどんな方なんですか？」。あのままである。家に立川談志がいる。私が子供の頃から、何も変わらない。よく喋《しゃべ》り、相手が子供だからと言って了見を変えたりしない。

我が家には父が残したたくさんの家訓、というか御託《ごたく》がある。馬鹿は隣の火事より怖い。幸福の基準を決めよ。勝手に生きるべし。嫌な事はしない方がいい。オレがついてる心配するな。文明は文化を守る義務がある。人生成り行き。銭湯は裏切らない。まだまだいくらでもある。

父の了見は生きる事を楽にしてくれる。そして死さえも。立川談志の了見は落語そのものだ。落語を愛し、日本を愛し、富士山と桜と米の飯《めし》を愛し、私達家族を愛してくれた。

私が二、三歳の頃、子供の面倒など見られないはずの父が、私だけを連れて北海道の雪祭りに行った。何故かその時の記憶が鮮明に残っている。雪の滑り台で遊ばせてくれて、札幌ラーメンの店で、小さな器にラーメンを取り分けてくれた。ホテルでお風呂にも入れてくれたらしく、髪の毛をタオルで乾かしてくれた事を覚えている。
私は両親からとても愛されて生きてきた。父が死んでしまって、愛されていたことが確信となり、私は初めて自信というものを持てた。父に抱きついて、もう一度「ありがとう」と叫びたい。

最後の八カ月間、声を失い、食べる事、歩く事、次々に色んな事が出来なくなっていった父。きっと人生で一番辛《つら》かったと思う。だけどそれは、私達家族にとってはかけがえのない時間だった。父の介護をしていた時は「これは神様がくれた時間だ」と思っていたが、今となっては「父がくれた時間」だったのだと思う。父は優しく、かわいかった。いじらしいのが切なかったけれど、最後まで立川談志のままだった。

（二〇一三年四月号掲載）

第4章

母の胸、父の背中

母の指先

串田妙子《くしだたえこ》
（暮らしコーディネーター）

母の指先からは魔法のように、私の欲しいものが飛び出してきた。日々の美味《おい》しい料理やケーキはもちろんのこと、可愛がっていた小鳥が死にかけ泣きながら眠ったのに、母の手の中で一晩明かした小鳥は、朝には元気を取り戻し、母の指先から私の肩へ飛んできたのだ。

最も母の指先の魔法を実感したのは小学三年生の頃。私は空想癖があり、話す言葉は意味不明で、派手な服を着た東京からの転校生。いじめの対象としては十分すぎる存在だった。「おなかが痛い」と学校を休むから、いつまでも本と愛犬だけがお友達で空想癖はさらに磨かれるという日々。

そんな年の私の誕生日。母は、いじめグループを招き、手作りのご馳走《ちそう》でもてなした後、「自分だけのハンカチを作ってみない？」と一人ずつに白いハンカチを手渡した。色とりどりの刺繍《ししゅう》糸で、ステッチや玉結びなど母の指先から立体的な模様が出来上がっていくのを見た彼女たちは、母の声と指先を追いながら、夢中で針と糸を動かした。

それ以来、向日葵《ひまわり》のようなサーキュラースカートも「派手な服」から「ママの作った可愛い服」へと評価が上がり、彼女たちは私の家で遊ぶようになり、私の言葉も本の影響と理解してくれるようになった。

いつも身綺麗で、私の望みをかなえてくれる自慢の母だったが、ただ一つかなえてくれないことがあった。母と手をつなごうとすると、スルリと指先を抜いてしまうのだ。アルバムの中の幼い私は、母の腕に抱かれているのに、記憶の中で母に触れた実感がないのだ。

私が五歳の時、夏の山中湖《やまなかこ》で九歳になったばかりの二番目の兄が水死した。冷たくなった兄を固く抱きしめ、真っ暗な道を車に揺られて東京へ戻った母。多分その日以来、私は母に抱きしめられたことがないのだと思う。

六十九歳になったばかりで母は亡くなったが、その少し前、並んで眠る私に「失うのが怖かったけれど、あなたを生んで良かった」と母が言った。私は思わず母の布団《ふとん》の中にもぐりこみたかったが、声をたてずに泣くのが精一杯だった。もし、あの時、母の手を握っていたら、母は握り返してくれただろうか。

（二〇〇七年二月号掲載）

恐ろしい夢

山根基世《やまねもとよ》
（ＬＬＰ「ことばの杜《もり》」代表）

今でも鮮やかに憶えている夢がある。まだ幼稚園に入る前。私が三歳になって、物心つき始めたばかりの頃と思われる。私の両親はその直前、父の仕事の都合で、生まれて間もない私を連れ、四国・高松から山口に引っ越していた。私が、恐ろしい夢を見たのは、その頃である。

当時オート三輪という、前一輪、後ろ二輪の荷物運搬用の自動車があった。そのオート三輪の荷台には荷物がたくさん乗せられていた。荷台の一番後の蓋《ふた》は下げられたまま、母はその荷台のまん中に、足をブラブラさせながら後ろ向きに座っている。車の後に立って母を見ている私を置いたまま、オート三輪は急に走り始めた。私はビックリする。だが母は、ニコニコ笑って私に手を振る。「サヨウナラ〜」と。去っていく母を、私は必死で追いかける。「待ってぇ〜、お母ちゃ〜ん」と全身の力を振りしぼって叫び、声をからし、泣きながら必死で走る。それでも母を乗せたオート三輪は止まることなく、遠く走り去っていく。

母に起こされ、目が覚めたとき、私の枕は涙でぐっしょり濡れていた。目覚めてなお涙は止まらず、ヒクヒクとしゃくり上げていた。夢の中で流した涙が、実際に枕を濡らしていたというほどの悲しい夢を見たのは、六十年余りの人生で唯一この時だけ。忘れられない夢だ。母はあの時、私の涙を拭きながら「おー、よしよし。お母ちゃんはあんたを置いて行ったりせんから大丈夫よ」と、固く抱きしめてくれた。

その後、私が成長するにつれ、二人の関係は、母と娘にはお定まりの確執に満ちるようになり、激しい言いあいに至ることも少なくなかった。ある時は傷つけられ、ある時は傷つけ。傷つけたとたんに激しい後悔に苛《さいな》まれ、母が可哀相《かわいそう》でならなくなる。母と娘ならではの濃密な関係を、疎《うと》ましくも愛《いと》おしくも思った。

そして八十八歳の今、母は、そんな過去の記憶をすべて彼方《かなた》に放り、只今現在だけを生きている。「まぁ、ご親切に、ありがとうございます」と私に微笑《ほほえ》む母。近すぎてのっぴきならない関係に苦しんだ相手が、今は遠いところに立っている。

この頃、あの夢のことをよく考える。あんなにも母を求めていた。あんなにも母に捨てられることを恐怖していた。母の愛情がなければ、私は育つことができなかった。そう思うとき、私の胸を鋭い痛みが走る。

（二〇一一年十月号掲載）

運命の大逆転劇

藤子不二雄《ふじこふじお》Ⓐ
（漫画家）

私の父は富山県氷見《ひみ》市の禅寺、光禅寺《こうぜんじ》の住職だった。光禅寺は七百年続いた曹洞《そうとう》宗《しゅう》のお寺で、父はその四十九代目の住職だった。

私は父が五十三歳の時に生まれたので、父親というより祖父という感じだった。僧侶になるために生まれてきたという人で、私は子供ながらにも父のことを尊敬していた。父も私のことをとても可愛がってくれた。

小さい時から絵を描くのが大好きだった私に、当時戦時中で不足していた紙を集めては、くれた。その中には法事にいって頂いたお布施《ふせ》の紙もまじっていた。そのまま

順調にいけば、私も永平寺《えいへいじ》へいって修行し、光禅寺の住職になっていただろう。しかし、そうはならなかった。昭和十九年、私が国民学校五年生の時、父が急死した。当然、新しい住職が光禅寺へきたので、私たち一家（母と姉と私と弟の四人）はお寺をでて、伯父《おじ》（母の兄）をたより高岡市へ引越しした。そして転校した定塚《じょうづか》小学校の同じクラスに、藤本弘《ふじもとひろし》君（のちの藤子・F・不二雄）がいて、運命の出会いをする。

母はそれまで光禅寺の大奥様として泰然《たいぜん》としていた。オットリした性格で、浮世ばなれしたヒトだった。それが突然、浮世の風にあたることになった。当時、私の伯父は、富山新聞社の重役だった。伯父は富山新聞の高岡支社の地下に〝ピジョン〟という喫茶店を開いた。母はその〝ピジョン〟で働くことになった。大きなお寺の奥様から一転して、喫茶店勤め、母にとっては運命の大逆転劇だっただろう。しかし、母はグチもこぼさずせっせと働き、私たちを育ててくれた。

やせて一見、かよわそうな母だったが、キモがすわっていた。後に、私が漫画家になるために藤本君と上京しようか⁉　どうか⁉　迷った時、「人生は一回しかないのよ。好きな道をいきなさい！」と背中を押してくれた。あの時、母の応援がなかったら漫画家になっていなかったかもしれない。つくづく母には感謝している。私は父にも母にも恵まれた。とても幸運なことだ。

私の家の居間には仏壇があり、そこには父と母との写真を並べその前に位牌《いはい》がかざってある。私は毎朝、仏壇にむかってお線香をあげ、お経を詠《よ》んでいる……。

（二〇一二年十二月号掲載）

五分ガリ頭の光景

藤本芽子《ふじもとまいこ》（イラストレーター）

幼い頃の記憶なんて、誰でもこんなものだろうか。うたた寝しながら観たドラマのようで、脈絡のないつぎはぎのお話の中に、ポツリポツリと鮮明な場面が散っている。

母の場合、それはヒザ丈《たけ》のスカートから出たフクラハギ。父（藤本義一《ぎいち》）の場合は、五分《ごぶ》ガリの後頭部である。母のフクラハギは、台所の床に寝転がった私が見たもの、そして父の後頭部は、自転車の荷台に乗せてもらった私が見たものだ。

父は、その頃にはもうテレビの仕事もいただいて忙しく、家ではたいてい書き物をしていたが、気分転換か時々自転車に乗せてくれた。昔の無骨《ぶこつ》な自転車だから、荷物をくくりつける鉄の荷台に乗っかって、足を車輪に巻き込まれないようにヒザを上げていなくてはいけない。家に帰る頃には私はすっかりガニ股《また》で、お前、なんやその歩き方！　と父はよく笑った。

自転車に乗ってどこに連れて行ってくれたのかは詳しく覚えてないけれど、駅前の商店街の景色が浮かぶ。父を幼い頃から知るおじさんが、父の事を「フジモトのボン」などと呼ぶのが面白かった。散髪屋さんでは、パパの散髪について来たげたんか、と尋ねる店の人に、「ここに来たら飴《あめ》もらえるの知っててついて来よんねん」と鏡の中から父の声が答えた。

もっと為になる話や面白い話もしてくれたろうに、はっきり思い出すのはこんな事。一度、いつだったか「お前は何屋さんと結婚したい？」と父が尋ねた。私は「金物屋」と答えた。近所の金物屋のおじさんとおばさんは、天井《てんじょう》から床まで物でいっぱいの小さな店にいつも黙って並んで座っていて、その姿が私には仲良しに見えたのだった。父は小さな私に、ずっと一緒におったらうまいことといかんぞと、現実的な事を言い、私がイヤな時は大きなヤカンの後ろに隠れると言うと、そらええわ、と笑った。

久しぶりに、その商店街のある駅に降りた。私が九歳まで過ごした堺《さかい》の諏訪《すわ》ノ森《のもり》駅。私が絵を描く時、いつも気持ちの底にこの町がある。今も古い駅舎には、静かに見事に、浜辺の松林のステンドグラスが残っている。

線路沿いの土の道に、長い影が三つ。右手は母、左は父と手をつないだ私は、歩かずに二人の間にぶらぶらとぶら下がる。

また、手、抜けるで、と上から声がする。もしかしたら、左手は祖母だったのかもしれない、とも思う。でも、思い出す左の影は、五分ガリ頭である。

今はない風景も、ここにはずっとある。

（二〇一三年九月号掲載）

母よ、あなたは強かった！

（サントリーホールディングス株式会社社員・エッセイスト）

斎藤由香《さいとうゆか》

「お母様はよくぞ離婚しなかったですね」

もうすぐ父北杜夫《きたもりお》の三回忌であるが、この頃《ごろ》になると、父の友人の方々からお悔やみの言葉よりも、母への賞賛というか、「驚嘆の声」が聞こえてくる。

私が小学一年生の時、父が躁病《そうびょう》になった。躁病になると、エネルギーに溢れいろいろなことがやりたくなるようで、てんやわんやの生活が始まる。「チャーリー・チャップリンのようなユーモア溢れる映画を制作したい。それには制作費として何億円も必要だそうだから、今日から株の売買をやります」と宣言。毎日、証券会社に電話をして株の売買をする。二台のラジオを用意して大音響で株式市況を聞き、お金がなくなると出版社だけでなく、佐藤愛子先生をはじめ、遠藤周作先生らに借金を申し込む。

それを必死で止めようとする母とのバトルが日常になり、受話器の奪い合いが続いた。ついに父が「バカ！　喜美子は作家の妻として失格だ。家から出ていってくれ！」と大声で怒鳴ったのだ。

躁病になる前は「ごきげんよう」と丁寧《ていねい》に挨拶をする穏やかな父だったから、母も私も信じられない思いがした。さらに毎朝、新聞紙の裏に母への罵詈雑言《ばりぞうごん》が書き散らしてある。母は「これは貴重だから、とっておきましょう」と言ってせっせと集めた。

やがて両親は別居し、私は公立小学校にもかかわらず、祖母の家から電車通学することになった。私は一人で「何故か、理由はわかりませんが、おばあちゃまの家から学校に通うことになりました」と担任の先生に報告した。母は父のことで頭いっぱいで、先生に手紙を書く余裕もなかったのだろう。躁病が終わると父は借りてきた猫のようにおとなしくなり、母と家に戻った。

ところが父は毎年躁病を繰り返し、「日本から独立してマンボウマブゼ共和国を作りたい」と国旗や紙幣を作ったり、園遊会と称して庭で大パーティーを催《もよお》したりする。そのたびごとに母は振り回され、心身ともに疲れ果てた。

そんな時、「夫と思わず患者と思い、看護婦になったと思いなさい」と斎藤茂吉《もきち》の妻輝子《てるこ》（義母）に諭《さと》されて母は変わった。「私は婦長さんよ。患者は看護婦の言うことを聞かないと！」と父に強く出るようになったのだ。

それにしても何故離婚しなかったんだろう。父が亡くなって初めてその理由を問うた。すると母は「離婚しなかったのは、パパはすごくいい人だったから」と、つぶやいた。


（二〇一四年一月号掲載）

予言の的中

豊崎《とよざき》由美《ゆみ》
（書評家）

東京の大学に進学してすぐの夏休み。父・大三《だいぞう》から早急に帰省するようにとの連絡が来て、いやいや家に帰ると、「自動車教習所に明日から通え」との命令が。免許は欲しかったから内心喜んだものの、中学一年生の時に母が死んでからずーっと不仲が続いているので、一応「なんでよ」とふてくされてみせたわたしに、大三が言った言葉がこれ。

「お前みたいなろくでなしは、どうせ社員証がもらえるようなちゃんとした会社に入れるわけがないんだから、身分証明書がわりに免許でも取っとかないとどうしようもない」

実際、ひどい成績で大学を出たわたしは、今現在に至るまで社員証やボーナスがもらえるような「ちゃんとした会社」に勤めた経験がない。さすがは実の父、娘の未来はお見通しというわけである。

思い返せば大三は、さまざまな予言を繰り出す男だった。テレビ番組にいちいち論評を加える小学生のわたしに、「うるさいっ！」とキレた大三は、「お前みたいなやつは、他人のやることなすことにケチをつけて、あれこれ意見する細川隆元《りゆうげん》みたいな年寄りになるにちがいない」と、当時「時事放談」という番組に出ていた嫌味な政治評論家の名前まで持ちだして罵倒《ばとう》したのである。

評論家にこそならなかったが、五十二歳のわたしはといえば、自分では何ひとつ生み出さず、他人様が苦労して書いた小説について「あれこれ意見する」書評を生業《なりわい》にしているわけで、この予言に関しても大三は正しかったというべきだろう。

それ以外にも、「そんなに我が強いんじゃ、結婚できない」「無駄遣いばかりするから、いい年になっても貯金がない」などなど、まだ子どもだったわたしにネガティヴな未来像を提示しては的中させてきた大三の予言の中で、今のわたしを怯《おび》えさせているものがある。

高校一年生の時だったか、当時わたしは父の小銭入れから二、三百円失敬していたのだが、ある朝、とうとう大三激怒。

「お父さんが知らないとでも思っておるのかしらんが、毎日毎日、ひとの財布から小銭を盗んで……。お前のようなこそ泥は、そこらの店で数万円盗ってお縄になるような、ちっちゃい事件で新聞に載るにちがいないっ」

わたしはわたしで、その時内心「財布から数百円なくなってることに気づくなんて、ちっちぇえ男だなあ」と侮蔑《ぶべつ》を覚えたのではあるが、いつか原稿依頼がなくなった時、困りに困ってコンビニに押し入っている自分の姿が、最近目に浮かんでしかたないのである。

（二〇一四年三月号掲載）

母を困らせた思い出

安西水丸《あんざいみずまる》（イラストレーター）

建築家だった父はぼくが三歳の時に病死しているので母親一人に育てられた。きょうだいは十五歳上に兄が一人、姉が五人いた。一番下の姉とは七歳の差があるので、まるでペットのような日々だった。

幼児の頃から呼吸器系が弱く、小児喘息《しょうにぜんそく》のため三歳のときから南房総の海辺の町で転地療養に入った。付き添いは母一人で、毎日毎日母と二人で暮らしていた。

母は明治生まれの質実な女で、「男は人前で涙など見せてはいけません」とか、どんな苦しみにも耐えることを口癖にしていた。ぼくは母親が大好きだったので、母の

喜ぶ顔が見たくて勉強は怠《おこた》らなかった。南房総で入った小学校でも中学でもずっと優等生で過し、クラス委員だった。
　高校生になってぼくは東京の家にもどったが、母は南房総の生活が懐かしかったのか、よく思い出話を口にした。母のことでぼくが一番困ったのは、彼女が絵を描くことを好まなかったことだ。ぼくは子どもの頃から絵を描くことが大好きで、絵を描いては遊んでいた。絵のコンクールで賞をもらうこともよくあったが、母は喜んでくれなかった。
「絵で賞なんていただいてもねえ」
　母はそう言った。書道には日本書道界

の重鎮を付けてくれたが、お絵描き教室などとんでもないといった有様《ありさま》だった。

小学生の時、庭で絵を描いていたら母が例によってあれこれうるさく言うのでぼくはついかっとなった。

「お母さんは自分が絵が描けないからいつも僕に嫌なことばかり言うんでしょう」

ぼくが言うと、母は「絵くらい描けます」と言ったので、「それじゃあ描いてみて」と言い返した。

母が描いたのは家の絵だった。見たぼくは唖然《あぜん》とした。ほんとに下手《へた》だったのだ。

今思い出しても、その時ほど母を困らせたことはない。悪いことをしたと今もおもっている。


(二〇一四年六月号掲載)

人生で一番幸せな日

中上《なかがみ》紀《のり》
（作家）

亡父（中上健次）について思い出話をする機会は多いが、健在でしかもしょっちゅう会っている母（紀和鏡《きわきょう》）を語るのはどうにも照れくさく、だが、そこをあえて語ろうと思う。

よく怒鳴る母だった。一度怒りのスイッチが入ったらなかなか止まらない。落ち着きのない子供だった私は、そのスイッチを入れる天才であった。口答えなどしようものなら、何様のつもりだ、そんな子は出て行け、と言われるので、小さくなって耐えるしかない。人に迷惑をかけることを、母は一番嫌った。外で食事中に飲み物を零《こぼ》し、他のお客さんの服を汚してしまった時は最悪だった。帰りのバスの中で延々と叱られ、何度もぶたれた。

されど、母と私は決して仲が悪いわけではない。寧《むし》ろ逆だった。まるで磁石のプラスとマイナスのように性格がまったく違うが、母について歩くのは今でも楽しい。母は、穏やかな時は菩薩《ぼさつ》のごとく寛大だ。喜怒哀楽の激しい、裏を返せば、飾らずいつでも自分に素直な母には、ある種の憧《あこが》れすら抱いてしまう。

想像することは難しいが、私がいなかったら、母はまったく別の世界を別人のように生きていたはずだった。

母は、同人誌仲間だった父と交際中に私を妊娠した。父は小説家を志していたとは言え、無職で親のすねをかじっており、しかも酒その他諸々良くないモノに溺れていた。一般的に見て、私がこの世に生まれ出《い》でない可能性は十分にあったのだ。だが、父も母もその可能性を一切選択肢に入れず、すぐさま籍を入れ、父は妻子を養うために労働に出た。

父を支えるため、私を産み育てるため、母は、少女の頃からの夢である文学を一旦中断せざるを得なかった。たくさんの葛藤《かっとう》が、母の中であったはずだ。その代わり母は、幼い私に、毎晩欠かさず、枕元で絵本を読み聞かせ、知っている限りの昔話を語った。シャーマンのように、溢れる言霊《ことだま》を娘に注ぎ込んだ。

数年前、長男を産んだ後、分娩室《ぶんべんしつ》で休んでいた私を母が見舞った。傍らで眠る新生児の姿に目を細めている母に、私は問うた。これが、人生で一番幸せな日というものなのかと。長男を妊娠しなかったら、私は今とは異なる人生を送っていたであろうが、想像できない。この日よりも幸せな日など、想像できないと。母は、力強く頷いた。

（二〇一四年七月号掲載）

母の落花生

窪島《くぼしま》誠一郎《せいいちろう》
（作家、「信濃デッサン館」「無言館」館主）

二どしか会っていない生みの母のことを書く。

生母の加瀬益子《かせえきこ》は、千葉県香取郡横芝《かとりぐんよこしば》生まれの人。戦前「東亜研究所」という企画院（のちの軍需省）の外郭団体につとめる女性オルグだったが、二十四歳のとき将来の直木賞作家となる水上勉《みずかみつとむ》と知り合って同棲、昭和十六年九月に私をもうけた。しかし、肺を患って酒におぼれる父との生活はまもなく破綻《はたん》、満二歳九日だった私を、東京世田谷《せたがや》の明大前《めいだいまえ》で靴の修理業を営んでいた窪島茂、はつ夫妻のもとに手放す。

再会したのは戦後三十余年が経った昭和五十二年夏のことで、幼い頃から自分の出生に疑問をもった私が、二十数年の親さがしの末、ついに自分の実親が水上勉、益子であることをつきとめたのだ。

私たちの邂逅《かいこう》劇は、「事実は小説より奇なり」とか「奇跡の再会」とかいった大見出しで、当時のマスコミを大いににぎわせた。

ただ、文学カブレだった私は実の父親が高名な作家だったことには大満足したものの、「すまなかった」「お母さんが悪かった」と泣き崩れる益子には冷たかった。父と別れたあと再婚して都下T市に住んでいた益子とは、再会後たった一回ホテルで食事をしただけで、「会いたい」といってくる手紙に一ども返事を書かなかった。

その益子が自宅で首を吊って自殺したのは、平成十一年六月末だった。父親ちがいの義妹の映子は、最初は「母は心臓発作《ほっさ》で死んだ」といっていたが、半年ほど経った頃「実は自殺だった」とうちあけた。「本当のことを知ったら、きっとお兄さんが自分を責めると思ったから」と映子は涙ぐんだ。

「母の自殺はウツ病からだったの、お兄さんのことだって、決して悪くはいっていなかったから安心して」

と映子はいう。

母の八十一歳での自死を知った晩、私は母が死ぬ前に送ってきた落花生《らっかせい》を思い出して袋をあけた。

落花生は、毎年秋になると母がかならず送ってきた千葉の名産品だった。殻《から》を割ると、丸々とした落花生の実がとび出し、私はそれをひとつひとつ口に運んだ。そのたびに、殻がカミソリの刃のようにとび散って、セーターの胸につき刺さる。ふいに落花生を頬ばる私の眼から涙がふきこぼれ、やがてその涙はとまらなくなった。

（二〇一四年八月号掲載）

学校嫌い

中島《なかじま》京子《きょうこ》
（作家）

父は大学の教員だった。家にいるのが何より好きで、出かけるのが嫌いな人だった。大学に教えに行くのを「学校」と呼び、家で翻訳などすることを「仕事」と呼んでいた。

「学校」と「仕事」のどちらが好きかというと、これはもう圧倒的に「仕事」である。四十代の働き盛りのころは、同じ団地の別の棟にわざわざ専用の「仕事部屋」まで購入して、こもりっきりになっていた。土曜日には私や姉は母にお弁当を持たされて父の「仕事部屋」に出かけて行き、父といっしょに昼食を取って、空《から》の弁当箱と共に家に帰ってきたりした。父の神聖なる書斎で、「仕事」を中断した父の入れてくれるお茶を飲みながらお弁当を広げるのは、なんだか立派なことをしているような気持ちになるひとときだった。

「学校」のほうはどうかというと、ちっとも好きではなかった。出勤時刻に渋面《じゅうめん》を作った父が哀愁を漂わせ「学校、学校なんぞ、行きとうない」と歌うのをしばしば耳にした。これは母によれば、「島倉千代子が歌った三池《みいけ》炭鉱争議の歌の一節」だそうだが、インターネットで検索したら、『炭坑（やま）の子守唄』というのがみつかった。争議は関係なさそうである。ともかく父はよくこの短調の歌を歌っていて、それを聞いた娘の私も「学校」にはあまり行きたいと思わずに育ってしまった。

この父が八十を過ぎて、アルツハイマーを患い、いろんなことを忘れてしまった今になって、しょっちゅう「学校へ行く」と言い出す。夜中に突然行くと大騒ぎし、「もうずいぶん前に定年退職したでしょ」となだめても、そんなことはないと言い張る。

どうしたことか。ひょっとしてあの現役時代の「学校」嫌いは嘘だったのか。娘の名前を忘れても「学校」へ行くのは忘れないとはどういうことなのか！

ところがある朝のことである。

いつものように父が「学校へ行く」と言い出した。定年云々《うんぬん》と説明しても聞く耳を持たないと知っているので、こう言ってみた。

「今日は日曜だから学校はないよ」

すると父は目を丸くした。そして、

「わぁーっ」

と叫びながら頭を抱えてしまった。

なんだ？　どうした？「学校がない」と言われるとそこまで動揺するものか？

家族を散々混乱させた挙句《あげく》に、父は顔を上げ、嬉しそうにこう言ったのだった。

「よかった！」


（二〇一二年一月号掲載）

第5章

可笑しくて、悲しくて、切なくて

笑い転げる人

星野博美《ほしのひろみ》
（ノンフィクション作家）

私の父は健在で、日々顔を合わせている。本当にいい人だった、という類《たぐい》の話を書くのは気恥ずかしいし、かえって縁起も悪いような気がする。ちょっと間抜けな話を紹介したいと思う。

小学六年生の正月のことだった。私は一カ月後に中学受験を控え、しかも当落線上ギリギリの成績だった。うちはあまり神仏を熱心に信仰するような家風ではなかったが、さすがに仏頼み、神頼みをしたほうがいいのではないか、という空気が漂い始めていた。毎年初参りに行くのは、加藤清正を祀《まつ》った、勝負事に強いという評判の寺だった。ちょうど高校受験を控えた近所のお兄さんが二人いて、その家族と我々とで合格祈願をしに行ったのである。

首をうなだれる私たちの前で、お坊さんが独特な抑揚と言い回しの合格祈願を始めた。私は子供心に思った。キリスト教系の中学を受けるのに、仏に頼ってよいのか。それにしてもへんな日本語だ。なぜこれほど勿体《もったい》ぶる必要があるのか。早く終わらないかな。薄目を開けて隣を見ると、父が肩を上下に震わせている。次の瞬間、父が畳《たたみ》の上に伏せ、笑い転げた。他のお父さんたちも緊張の糸がぷつりと切れ、「だって星野さんが笑うからさあ」と言って笑い転げ始めた。唖然とする私と二人のお兄さん。お坊さんの顔は怒りで真っ赤になっている。

この時私は、こういう不謹慎な父親の子供なのだから、これから先の人生、他力《たりき》本願は通用しない、実力でいくしかないのだ、と悟った。

父の失態はそれでは終わらなかった。私はその後何度も、葬式や法事の席で読経《どきょう》の間に笑い転げる父を目撃することになった。ある時父に、なぜそれほど笑ってしまうのかと尋ねたことがある。父は平然と言った。

「遺伝だからしょうがない。じいさんもそうだった」

なんと父が小さい頃、祖父もよく葬式の席で笑い転げていたというのだ。

なるほど……合点《がてん》がいった。私は二〇一一年、祖父が死の直前に書き残した手記をもとに、家族の軌跡を訪ねる『コンニャク屋漂流記』という作品を上梓《じょうし》した。手記にはこんな記述があった。大正十二年、徴兵検査で聴覚を調べる時、検査官が耳元で「勝浦」と囁いたので、祖父は「勝浦！」と答えた。次の若者は「てんぷら！」と大声で答えた。そのやりとりがどういうわけか祖父にとってはおかしくて、笑ってしまったのだ。寺でも葬式でもなく、徴兵検査で！　ある意味、父の上をいっている。

笑ってはいけないと思えば思うほど、笑いたくなる。これが遺伝だとしたら、私の中にも、確実にこの気質が受け継がれていることになる。私はこの先も、神頼みはできなさそうだ。その覚悟をつけさせてくれたという意味では、父は、身を挺《てい》してまっとうな教育を与えてくれたような気がするのである。


（二〇一二年八月号掲載）

思い出すままに

あまんきみこ
（童話作家）

十八歳の夏、母の胃癌《がん》が再発した。

すぐに手術をしたが、既に病巣《びょうそう》はひろがっていて、胃を全剔《ぜんてき》するか、そのままにするかという選択になり、父は、そのままにすることを選んだ。そのほうが、母の苦痛が少ないと判断したのだ。

父は、信頼している医者のＳ先生にお願いして、癌は全部とれたと母に告げてもらった。さらに前回の手術の時と同じように、とれた病巣を母に見せて説明していただいた（これは他人の癌だった）。

「三年の間に、悪いものがこんなに増えていたのですね。ありがとうございました」

と、ベッドで嬉しそうに言っている母と、

「よかったなあ。もう、これで大丈夫」

と母に聞こえるように言っている父を、私は見ることができなかった。

秋になって、なす術《すべ》もなく退院し、S先生が診察にこられるようになった。母は「痛い」とか「苦しい」とか言ったことがなく、横にいつも付いている一人っ子の私に、

「たまには映画でもみてらっしゃい。お蔭でわたしは元気ですよ」

などと笑いながら言った。その表情の明るさに、私は回復の兆《きざ》しさえ感じていた。

けれど、初雪の降った晩、母は意識不明になり、夜明け前に息をひきとった。

葬儀やさまざまな行事も一段落し、心も少し落ちついて、母のものを少し整理しようとした時、もう春がきていた。その時、私は片づけるものなど何一つないことに気がついて、茫然《ぼうぜん》となった。

「お母さん。あなたは知っていたのですね」

母は、病巣はとれたと騙《だま》した父や、娘の心にそって、騙されたふりをずっとしてくれていたのだ。そう思えば、あの時も、またあの時も……と、その白い顔を静かにすぎた微《かす》かな風のようなものが、せつなく胸に甦《よみがえ》ってきた。

母、波子、享年《きようねん》四十三歳。その日から、すでに五十余年の歳月が流れている。

（二〇〇六年十月号掲載）

ふらり、ゆらり

中島《なかじま》さなえ
（作家）

〝泣く子も黙る放任主義〟。父と母に育ててもらった年月を振り返って、我が家を一言でたとえるとこれにつきるなと思う。なにしろ進路についてとやかく言われた覚えもいっさいなく、自分の好きなことをやればいい、そして、「がんばらなくていい」と言われてきた。考えてみれば、広告会社のサラリーマンだった父は、わたしが小学生の時いつのまにか、「中島らも」というヘンテコな名の人になり、ある時はライブハウスでギターを弾いていたかと思えば、劇団を率いていたり、落語の高座に上がったりなどもして、なにをやっている人なのかまったく謎だったのだ。小学校で司書を勤めていた母も、仕事をやめると趣味の園芸飼育とバイク乗りにのめりこんでいた。自らが自由に生きていて、子供に自分の考えを強要しない二人だったのだ。

親が自由だと、いまいち、ガツン！　とした反抗期がやってこない。たとえば十代でやさぐれて煙草《たばこ》を吸おうとしたところで、両親がそれ以上に勝手気ままに過ごしているわけだから、子供としても〝グレがい〟がないのだった。

そんな父と母が一度だけ、珍しく揃って授業参観に来てくれたことがある。小学校四年生の時に公立から私立の女子校へと編入したわたしを心配してくれたのか、はたまたその小学校がミッション系の厳しい学校だったため、教鞭《きょうべん》を執《と》るシスターが珍しくて見学に来たのか、本当の理由はわからない。参観は、四年生合同となる体育の授業で行われていた。体育館でバスケットボールをするわたしたち児童の周りを、品の良い服を着たセレブな父兄たちが微笑んで見守っている。するとしばらくしてから、体育館の入り口付近で見学していた父兄が急にザワザワとしだした。なんだなんだと見ていると、突然、人のむらがりがパカーンと割れて、モーセの「十戒《じっかい》」で海が割れた時のように道ができた。その向こう側に、つなぎのライダースジャケットを着てへルメットを抱えている母と、ハットとサングラスに真っ黒なコートを着た父がゆらりと立っていた。
あの時は冷や汗をかいたものだったが、そんな父が亡くなって今年で十年になる。母は相変わらず園芸飼育を楽しげに続けている。いまだに何者かわからない、神出鬼没の父も、そのうちどこからかふらりと現れそうな気がしてならない。

（二〇一四年十月号掲載）

食べることは生きること

高泉淳子《たかいずみあつこ》
（女優・劇作家）

「食べることは生きることである」、これが父の教訓だった。「食べれば力が湧いてくる」、これは母の言い癖だった。

母は朝早くから台所に立っていた。父のお弁当、野球部員の二人の兄のお弁当をこしらえ、いつも寝坊してご飯を食べないで飛び出して行こうとする私には「学校に着くまでに食べるように」と、小さなおにぎりを二個持たせてくれた。

小学校三年生の時、新築の家が完成した。引っ越して次の日曜日、父が注文した大きなテーブルが運ばれてきた。それは迷惑なほど大きくて、母が楽しみにしていた台所は途端に狭くなってしまった。父は嬉しそうな顔をして、席を決めた。その大きなテーブルを囲んで家族で食事をすることが、父の夢であり、喜びだったにちがいない。

仕事が忙しかった父はそのテーブルで家族と何度食事をしただろうか。二年半後に父は会議で司会をしている最中に倒れ、脳溢血で亡くなった。大学受験を直前に控えた長男の兄が、「大学に行かないでお母さんを助ける」と言いだした。すると寝込んでいた母が起きてきて割烹着《かっぽうぎ》を身につけ、「大丈夫。お父さんがいる時とおんなじようにするから」、そう言っていつものようにてきぱきと夕食を作りはじめた。ご飯の炊きあがる甘い香りと、味噌汁のあったかい香りを嗅いでいると、なんだか大丈夫な気がしてきて、「いつもとおんなじ――」、私はそう自分に言い聞かせた。

母は結婚以来二十年ぶりに市役所に復帰し、父がいる時と同じように生活をやりくりしていった。そして三人の子供たちが行きたい道を叶えてくれた。いや、父だったら反対したかもしれないことを母は叶えてくれた。

今年の一月、父の四十回目の命日を母は無事に務めあげた。八十五歳の母はその日の朝早くから割烹着を着て、台所でてきぱきと働いていた。一昨年二番目の兄がスキーの事故で亡くなった。母と兄と私と三人きりで、父が買った大きなテーブルを囲んだ。ご飯の炊きあがった甘い香りがただよって、「父と兄がいた時とおんなじように生きていこう――」、そう思った。

私は東京に出てきてからもう三十年以上になるが、いまだに母はお米を送ってくれる。そのときどきの季節が薫る竹の子御飯やらカブのお漬物やら、おまけがついてくる。「しっかり食べなさい」、そう必ずメモ書きを添えて。

いつの頃からか、私は辛いことがあると、まずはご飯を炊く。炊きあがってくる甘い香りを体の中に吸い込むと、「なんとかなる！」、そう思えてくる。「食べることは生きること」、父のその言葉が私たち家族を支え、「食べれば力が湧いてくる」、母のその流儀が私を生かしてくれている。

（二〇一〇年八月号掲載）

あの日の父

林《はやし》 望《のぞむ》
（作家）

大震災の年に、父は九十五歳を一期《いちご》として逝った。最後まで元気で、人も羨むような大往生であった。

およそうるさいことはなにも言わない父で、無責任と言えば無責任なところもあったが、しかし、あれこれ些細《ささい》なことにまで指図をするようなのに比べたら、私どもはずいぶん恵まれていたと思うのである。

私が慶應の文学部に進むと決めた時も、当時はまだ「男が文学部なんぞに行ってどうする」と反対する親が大半だった時代、「まあ、好きなことをやるがいいさ」と、父はのんきそうに言った。学部で私は一年落第し、ずいぶん心配をかけたけれど、その時も父はなにも言わなかった。「人生、いろいろあらあな」というのが、そういう時の父の口癖であった。それから大学院に進んだ時も、「大学院に行く以上は、最後まで徹底して勉強しろよ」と言い、その後私が三十歳になるまで文句も言わずに養ってくれた。ありがたいことである。

やがて大学院も出て、あれこれと論文など書くうちに、父は私の小遣い稼ぎとして、自分のところへ来る随筆の依頼を、そのままホイッと私によこして書かせてくれた。それで、若い時代に私はずいぶん父の名前で随筆を書いたものであった。

それから私はイギリスに留学して、帰国後数年の後に『イギリスはおいしい』を書いて世に出たが、まもなく講談社から『帰らぬ日遠い昔』という作品を出した。都立戸山高校に過ごした青春時代を回想した自伝的小説なのだが、これを出版後すぐに一本贈呈したところ、読書好きな父はさっそく読み始めた。

私どもは両親と二世帯住宅にして住んでいたので、割合によく顔を合わせたし、おしゃべりをする機会も少なくなかった。何日か経って、またお茶など飲みながら雑談をしていると、父がぽつりと言った。

「あの本は面白かったな。読んでいて面白いというだけではなくて、どこかこうペーソスがある。良い本だ」

と、こう言ってからさらに一言付け加えた。

「俺は、文章ではおまえにかなわないな」

その時の嬉しそうな笑顔を、私は今に忘れない。自分も父親になって息子を育ててみると、その息子が自分を超えて行ってくれることの嬉しさがよく分かる。そうして、その時こそ、私が独立の文章家として立って行こう、と決心した瞬間であった。

（二〇一五年四月号掲載）

父のことばに耳を澄ます

伊藤比呂美《いとうひろみ》
（詩人）

父が大好きでした。小さいときは、父のあぐらの中が定席《じょうせき》でした。小学校の頃も、思春期の頃も、父はいつもわたしに正面から向かい合って、いつもちゃんと話を聞いてくれた、その頃の思い出はもちろんいっぱいあるんですが、どうも最後の数年間の記憶が生々しくて、いちばん心に残っているのは、老い果てた父であります。

父が八十一歳のときに、母が寝たきりになって入院してしまい、父は独居老人になりました。五年間、母とは離れ離れに暮らし、母が死に、さらに三年間、父が一人で生きて、死にました。その八年間が、父とわたしの二人だけの時間でした。

カリフォルニア在住のわたしは、なるったけ熊本の父のところに行くようにはしてたんですが、やはり家族はいるし、仕事はあるし、なかなかできず、多くて月に一回。それも新幹線でひょいと言うわけにはいかず、飛行機で太平洋を渡っていくわけです。稼ぎはあらかた飛行機代につぎこんだようなもので……。まあしかし、子どもを育てていたときには、稼ぎはほとんど保育園代に消えた。金は天下の回り物とはこういうことなんだなと観念しておりました。

時計を日本時間に合わせ、父の起きた頃を見計らって電話して、父の昼間のいちばん退屈な時間にまた電話して、夜、こっちの寝る前にまた電話しました。

相手は独居老人です。話す内容は愚痴ばかり。寂しいの、一人だの、孤独死するの……。愚痴をこぼす相手は、わたししかいないのだということもわかってましたけど、あまりそれを言われると、そばにいないわたしへの不満や文句に聞こえてくる。そしてとてもつらいんです。

でも、ある日ふと、その愚痴を書きとめはじめたら、おもしろくなりまして。

「ああ、退屈だ、退屈だ、今死んだら、死因は退屈なんて言われちゃうよ」

「眠くってたまらない、永遠の眠りにつきそうだ」

父のことばは生き生きとして、精一杯のユーモアにつつまれていました。そのユーモアは、父自身のためもあるけど、わたしにも向けられたものだったなと、今となっては思うんです。書きとめて、ほんとによかった。そしてそれを『父の生きる』という本にまとめることで、父に向かい合えた、まっとうした、と感じています。

そして父のことばに耳を澄ませている内に、わたしは人間が向かい合う最大の問題に気がつきました。人間は、こんなにほかの人間が恋しいものなのに、いつか必ず、一人になるということ。一人で死に向かい合わなくちゃならないということ。

（二〇一五年九月号掲載）

プロの死にざま

渥美雅子《あつみまさこ》
（弁護士）

夫婦仲の良い両親に育てられた子どもは幸せである。だが、夫婦仲の悪い両親に育てられた子どもは不幸ではない。

私の両親はとても仲が悪かった。ＤＶ家庭に近かった。父は税理士で、母は専業主婦。父は上昇志向が強く努力家であった。だから税理士資格を取ることができたのだろう。しかしその分、競争意識過剰でプライドが高く偏屈でもあった。父と母は毎日喧嘩をしていた。父から見れば母は「自分にとって不足」な女であり、母から見れば父はただ「暴君」にしか見えなかったに違いない。

家庭は暗かった。だから私は極力学校へ逃げた。部活、学芸会の稽古、生徒会活動、文化祭の準備、青少年赤十字団の奉仕活動、逃げる口実はいくらでもあった。おかげで友達は沢山できた。先生にも可愛がられた。そんな中で私は「大きくなったら手に職をつけて、母をひきとってやろう」と考えていた。両親を別れさせてやることが唯一最大の親孝行である、といつの間にか信ずるようになっていた。

一九六七年父が死んだ。直腸癌だった。私が弁護士になって一年目の年だった。一月に診断が下って即刻入院するように勧められたのだが、二月、三月の確定申告を控え、「それが済まなければ入院はできない」と父は頑固に入院を拒んだ。それからほとんど連日徹夜に近い仕事をした。三月十五日の確定申告を済ませて、十七日に入院、二十日に手術をした。だが、もう手遅れで二十八日に死んだ。

「プロとはこういうものだ」と父の死に顔は言っていた。弁護士一年生の私には、この時、父が神様に見えた。

思えば両親が仲の悪い家庭で育ったからこそ私は自立志向旺盛《おうせい》な娘になり、弁護士にもなった。両親が仲の悪い家庭で育ったからこそ、友達が沢山できた。

一昨年、私も子宮癌を患って手術をした。その時、まっ先に思ったことは、

「私は父のように死ねるだろうか」

ということである。


（二〇〇五年六月号掲載）

父の導き

草野《くさの》仁《ひとし》
（キャスター）

私が初めて自分の父親の顔を見たのは五歳のときで、それは父が三年半に亘《わた》るシベリア抑留を乗り越えて長崎県島原市の自宅に帰還したときでした。

眼鏡《めがね》をかけ栄養失調で顔は少しむくんでいたようですが、夏も近いというのにシベリアで支給されたカーキ色の防寒服を着ていたことだけは何故かはっきりと記憶に残っています。父はじっと私の顔を見て「仁か。よく頑張って帰ってこられたな」と声をかけてくれました。生後一歳半になるまで一緒にいた息子が、家族とともに旧満州新京から元気に帰国できていたことが殊《こと》の外《ほか》嬉しかったのでしょう。ただ私には旧満州の記憶は一切なく、意識して父親の顔を見たのはそのときが全く初めてだったのです。「この人が自分の父親なんだ。ちょっぴり怖そうな感じだな」という最初に抱いた印象に間違いはありませんでした。

暫《しばら》くして父は長崎大学で教授となり、生活再建への戦いが始まりました。母親も中学の音楽教師として働き始め、私は小学校から鍵っ子となり、兎《と》に角《かく》友達と遊べるだけ遊ぶ毎日を過ごすようになっていきました。父がそれを見かねて、宿題も忘れがちな私に「先《ま》ず家に帰ったら宿題を終わらせろ。遊ぶのはその後だ」と言い渡したのですが、何時《いつ》も言いつけを守れない私に父のゲンコツが飛ぶようになりました。大きな声で「ちゃんと勉強しろ」と耳にたこができるほど何度も何度も言われました。

こうした経験から、父は怖い人という気持ちが心に焼き付いて、自分から父親に話しかけるということは全くできなかったのです。その怖い父が、明日から私が中学生になるというときになって「仁、ここに来なさい。お前もいよいよ中学生だ。責任を持って行動しないといけないときがきた。だからこれからは毎日学校でどんなことがあったか正直に報告しなさい。嘘はつくな。すぐばれるからな」と私を呼んで諭したのです。それから致し方なく学校での出来事を毎日報告するようにしました。
　今日先生からこういう理由で注意され叱られた、などと報告すると大体の場合父は「それは先生の言う通りだ。お前が悪い」と私を叱責《しっせき》します。ところが偶《たま》に自分では怒られたことに納得がいかず、父にその思いを十分に伝えると、父もじっくりと考えて「うん、それは先生の言い分のほうがおかしいな。お前は間違っていない」と極めて適正に評価をしてくれることもあったのです。以来、父は客観的に物事を見て妥当な判断をしてくれているのだ、私が正直に振舞っていれば父は私の味方をしてくれるのだということに気が付き大きな力を得たような気がしました。私を一人の人間として見ていこうという父の扱いが私を真《ま》っ直《す》ぐに進ませてくれた最大の力になったようで、その導きにはとても大きな感謝の念を今でも抱いています。

（二〇〇九年九月号掲載）

人生の絵を描くことを教えてくれた父

水上《みなかみ》洋子《ようこ》（作家）

幼い私にとって、二階にある父の仕事場はもうひとつの遊び場所だった。父はそこで背中を丸くして、着物の柄《がら》を深夜まで描き続けていた。波、鶴、ぼたん、菊、御所車《ごしょぐるま》など、父が描く柄は、パターンが決まっていて、私には退屈に見えた。父は、仕事が暇になると、自分が好きな油絵を描いた。油絵の題材は自由で、リアルな人物画、バラ、そして風景画などだった。画家になりたかった父が、家族を支えていくために選んだ道は、古くなった着物の柄を描きなおすという仕事だった。

「本当の芸術家とは、名前や何かの賞も関係ない。男か女も関係ない。人の心を動かすものを作れるかどうかだ」。いつも父はそんなことを言った。三人の娘たちに対して、父は、結婚して良き妻になれとは言わず、人の心を動かすものを作れという教育をしたのだった。

私が大学のために京都に住むようになり、最後の夏休みで家に戻ったとき、父が待ち構えていたように言った。「父さんが描いた絵を見てくれないか」。ひどく真剣な口調だった。てっきり油絵だと思っていたのに、黒い布を張った板に描かれていたのは、波と鶴だった。だがそれは美しいだけで退屈な着物の柄ではなかった。荒々しく逆巻く嵐の海。そんな波間すれすれに、鶴は、怖いような目をして飛んでいた。ひと目で私は、その鶴は父自身だとわかった。

それまで父の油絵を何枚も見てきた。「父にはかなわない」といつも私は感心したが、心をそれほど揺さぶる絵に会ったのは初めてだった。とうとう父は本当に描きたかった絵を描いたと私は思った。それが父が描いた最後の絵になった。

私は、京都の大学を出たあと、染色デザイナーの道に入った。それはやはり父の影響があったのだろう。三十代になってから東京へ行き、雑誌のライターとして働き始めた。その後、女性の生き方をテーマにエッセイを書き、次には小説を書いた。そして今、環境とオーガニックをテーマにした雑誌『アイシスラテール』の編集長を務めている。ある人は、私はくるくると仕事を変えているという。しかし私のなかには、いつもあの父が描いた最後の絵があり、それに向かって私も歩き続けているだけという思いがある。

（二〇〇六年六月号掲載）

白い花の記憶

塩谷靖子《しおのやのぶこ》
（ソプラノ歌手・エッセイスト）

私が、いずれ完全失明することを医師から告げられていた両親は、幼い私が喜びそうなものを何でも見せようとした。

ある日、父と汽車に乗っていたときのこと、私が、線路の向こう側に咲く白い花を欲しそうに見ていると、発車間際だったにも拘《かか》わらず、父は駅員の制止を振り切り、汽車から飛び降りて走っていった。発車の汽笛が轟《とどろ》く中、泣きながら待っていると、花を手にした父が、駅員に怒鳴られ、乗客たちの罵声を浴びながら、息を切らして戻ってきた。六歳の私には、そのときの父の気持ちなど知る由《よし》もなかったが、それでも、ただならぬ気配を感じ取ったためか、あの数秒間の光景は今でも脳裏に焼きついている。

片田舎《かたいなか》の、しかも戦後の極貧生活では、なにひとつ贅沢《ぜいたく》はできなかったが、両親は私を喜ばせようと、蛍狩《ほたるがり》、夏祭り、花火大会、校庭での映画会と、ことあるごとに私を連れていってくれた。どれも懐かしい思い出だが、中でも、あの白い花の記憶は親心の切なさというものをしみじみと感じさせてくれるのである。

恋心の切なさは、片思いのままでもずっと続くだろうか。あの名曲『百万本のバラ』に歌われている貧乏画家は、恋い慕う女優のために、家も画材も全て売り払って広場を百万本のバラで埋め尽くした後、彼女が街を去っていくのを人知れず見送ったというけれど、それでも、やがて「昔、そんなこともあったさ」とうそぶくに違いない。

だが、親心の切なさは、例え片思いだったとしても、また子供にどんなに素っ気なくされようとも消えることはない。何の見返りも求めることなく、一生続くのだ。思えば、私もずいぶん長い間、両親につれなくしてきたものだ。結婚以来、実家にもあまり行かず、たまに行っても用事を済ませてそそくさと帰った。「もう帰るのか」、「今度いつ来る」という言葉を背に受けながら。

やがて母が逝《ゆ》き、独りになった父のために、私たち兄弟は足繁く父のもとに通うようになった。そして私も、何十年ぶりかで父とたっぷり話した。なぜもっと早くそうしなかったのかと悔いた。父は、堰《せき》を切ったように、子供たちとの楽しい思い出を語った。

父の心に最も強く焼き付いていたこと、それは私の失明に至るまでのこと、そしてその後も続いたであろう苦悩の日々のことであったはずだが、父は最後まで、一度たりともそれに触れようとはしなかった。父も、あの白い花のことを覚えていたのだろうか。

そして一年後、父も母のもとへと旅立ったのである。

（二〇一一年十二月号掲載）

第6章

言えなかった「ありがとう」

旅立ちの日の父と母

神津《こうづ》カンナ
（作家）

高校を卒業して間もなくの五月、私は留学するためにアメリカのニューヨークに渡った。

まだ羽田にあった国際空港。見送りの場には家族のみならず、友人、知人、恩師などがたくさん集まった。今から三十年も前のことである。まだまだ留学というのは、そんなに当たり前のことではなかったのである。

私は家族や友人と別れる寂しさよりも、この先にあるさまざまなことへの不安や、期待が入り交じった、何とも言えない興奮状態にあったことを覚えている。

母はこの一週間、泣き続けだった。子どもを巣立たせることを決め、その意味も十分に理解しながら、不安で寂しくてたまらなかったのだろう。空港でも、片時も私の傍《そば》を離れず、水に気をつけろ……と細かい注意をしたかと思うと、日本人の誇りを忘れるな……と大きな訓辞を垂れ、私の手を握り続けていた。

父はずっと事務手続きやらあれこれで奔走し、空港に到着しても、書類の確認や、見送りに来てくれた人たちへの御礼で、私とはゆっくり話をするいとまがなかった。いよいよゲート入りをするという時。みなに挨拶をし、みなの拍手に送られ、ゲートのほうに一歩、足を進めた時。突然、父が私の名を呼んだ。

振り返ると、そこには今まで見たこともない、滂沱《ぼうだ》する父の姿があった。駆け寄り、父の胸に飛び込もうとした私に、父は首を横に振り、両手の平で私を追い払うようにした。

当時の父は四十五歳。母は四十三歳だった。

私はもう、その頃の両親の年を越えた。結婚もせず、子どももいない私に、あの時の両親の思いを完全に理解することはできないが、思い出す度《たび》に涙がこぼれる。

日常の些細なことも、人間としてのあり方も同列に心配した母。泣きながらも、敢然と私を旅立たせた父。その両親の有り様《よう》が、今も私を支えている。私はそのような大人になっているのか、自らを省みる。


（二〇〇七年六月号掲載）

「饅頭持ってけ」

篠田節子《しのだせつこ》
（作家）

「饅頭《まんじゅう》持ってけよ、饅頭」

ＩＣＵから出ようとすると、父は大声で呼び止め、私のバッグを掴み、傍らに積まれていたガーゼを突っ込み始めた。「あ、だめだめ」と慌《あわ》てた私がバッグを取り上げようとしても離さない。

頭蓋骨折、脳挫傷、脳出血、急性硬膜下血腫。譫妄《せんもう》下の、いつ亡くなっても不思議はない状態にありながら、「饅頭」を突っ込む手の力強さは、まったく健康な父のものだった。

数年前から、実家のごく近所に住む私の家に、両親がつっかけサンダルを履《は》いて風呂に入りにくるようになった。いらない、と言っても、父はそのたびに甘い物を持参してきた。「いらない」は遠慮ではなく、親子の間で気づかい無用という意味でもなく、本音《ほんね》だった。激安のレーズン、中国製の栗の甘露煮《かんろに》、頭痛がするほど甘いパイナップルの缶詰、添加物まみれの饅頭。どれも父が少ない年金から買ってくるものだが、味からしても健康面からしても、ありがたくはない。断るとふて腐れるが、決してやめない。段ボール箱一杯溜まったスイーツを、私は様々なイベントに供出したが、毎回のことなのでさらに溜まるばかりだった。

困り果てた頃、すぐ裏手の団地で父は車に撥《は》ねられた。両腕に重たい買い物袋を下げていたため、受け身の姿勢が取れず、大けがを負ったのだ。安売りの鶏肉、ニラ、そしてパイナップルの缶詰、甘栗、饅頭。救急病院でそれらの荷物を渡され、私は一人で帰宅した。正月二日の夜のことだ。

それから七ヶ月、父は管に繋《つな》がれて生きた。「あの世行き〜」と陽気な口調で言っていたのが、数日後には言葉を発しなくなり、完璧な医療とケアの下、固まった体を動かされる激痛と、管から強制的に流し込まれる食物による胃腸の膨満感に苦しみ続け、最後は吐き戻した物が詰まり誤嚥《ごえん》性肺炎を起こした。

もっと楽に逝って欲しかった。「饅頭持ってけ」と大声を出し、「あの世行き～」と笑っていた、当初の危篤《きとく》状態のときに。だが、ひょっとすると父はその死を老いた母と私に受け入れさせ、軟着陸させるために七ヶ月も苦しんだのかもしれない。

父の残した栗の甘露煮であれから何度、黒豆栗おこわを炊いたことだろう。彼岸のお供え物に。仲間内の宴会に。どこでも不思議なほど評判がよかった。ご飯の中の黄色い栗を見つける度にみんな歓声を上げる。

一周忌も済ませた今、段ボール箱の中のスイーツは底を尽きかけている。

（二〇一五年十一月号掲載）

三角岩の狸

宮崎《みやざき》総子《ふさこ》
（キャスター）

私の両親は明治生まれ、我が家で一番偉いのはお父さんというのが当然の事で、お風呂も一番、母は結婚当初は靴下まで履かせたようです。父親はそれだけに権威があり、全てを任せられる男らしい男でした。若い時は勉強も一番なら、喧嘩もとびきり強かったようです。東京で判事をしている父の許に広島の呉《くれ》からお嫁入りした母は、お手伝いを連れて東京駅についたものの、父は遊びに行って迎えにこなかったといいます。封建的《ほうけん》な男と女の関係だったのでしょうが、私の記憶では、夫婦は仲良く、よく映画に行ってました。おかげで私も小さい頃から、雨の中で、ジーン・ケリーが踊りまくる『雨に唄えば』や『巴里《パリ》のアメリカ人』、『掠奪《りゃくだつ》された七人の花嫁』等沢山の映画を観たのを覚えています。

小さい時の一番古い思い出は、毎晩寝る時父が話をしてくれた事です。三角岩に住む狸《たぬき》が村の人をだまし、皆が困り果てていると、総子という娘が狸をやっつける、というなんともたわいない、馬鹿げたお話、それも毎日同じ話です。木の葉のお札や、こえだめのお風呂など登場しゲラゲラ笑って、いよいよクライマックス、「さて」と一際《ひときわ》父の声が高くなると、私は得意満面小鼻をふくらせ、わくわくして待つのです。「そこに、村に住む賢い賢い総子という娘が現れその悪い狸を……」と続くのです。

実は、おとなになって、馬鹿だ駄目だと兄弟と比較され育った友人がいざという時、行動が出来ないのに、何故か、私は自信をもって一歩踏み出せた事がしばしばありました。あのたわいない父の「三角岩の狸」の話が、私は大丈夫という気持ち、何をするにも前向きで楽観的な性格を育《はぐく》んでくれた気がするのです。長い人生これはとても幸せで、大きな事でした。後に十二歳上の姉も全く同じ話を毎晩聞いていたと知り、大笑いしました。映画や歌舞伎が好きだった父、もう少し高尚な話でも良かったと思うのに、何故三角岩の狸なのか。一度聞いてみたかったです。

我が家は必ず家族全員が集まっての夕食で料理上手の母の手料理に舌鼓《したつづみ》を打ちます。ある時糠漬《ぬかづ》けのキュウリにさっと手を伸ばした私に、「こら、真ん中から取るな。お母さんは偉いぞ、いつも一番端から取っているぞ」と叱られました。叱られた記憶も、母を褒《ほ》めた記憶もそれ一度かもしれません。そこには優しく献身的に家族を支えてきた母への父の尊敬と愛情が感じられます。父は私が十五の時結石の手術で、麻酔が覚めず六十九歳で亡くなりました。今なら医療ミスではなかったでしょうか。

父の年と近いこんな年になって時折、とても寂しい気持ちになる事があります。そのありかを探ってみると、父と母の不在に行き当たります。そんな時心から甘え、いい両親だったと思い出せる幸せに感謝します。


（二〇一〇年三月号掲載）

月に一度の儀式

立原《たちはら》えりか
（童話作家）

給料日の夜、父が持ち帰った封筒を母は神棚に供えた。

「今月もありがとうございました。来月もお父さんが、元気で気持ちよく働くことができますように」

神妙に祈る母の後ろで、わたしをふくめた三人の子供が声を合わせる。

「お父さん、ありがとう」

何も言わなかったけれど、母の様子から、子供たちは父のおかげで生活が成り立っていることを悟ったのだ。サラリーマンだった父の給料がどれほどだったのかはわか

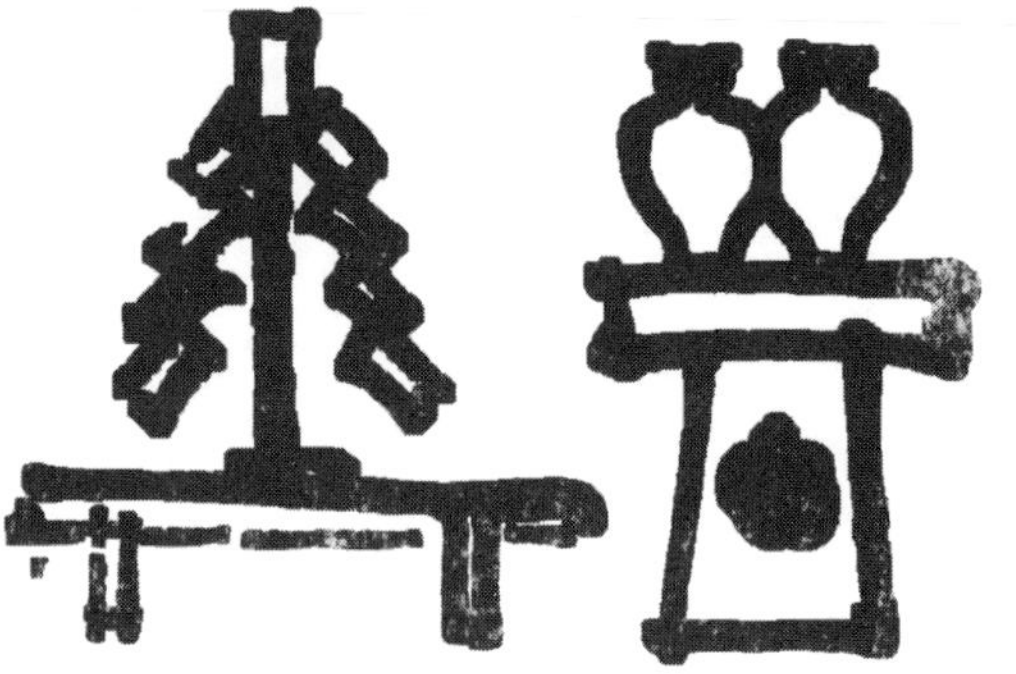

らないが、二十五日が近づくと、五つあった魚の切り身が四つになった。母と私がひと切れを分け合ったのだから、充分ではなかったのだと思う。やりくりに明け暮れる母が、自分のために新しい衣料品を買うのはボーナスが出たときだけだった。

「稼いだお金を全部使われてしまうのよ、苦労した甲斐がないと思わない？」

たずねると父は笑って言った。

「使ってくれる家族がいるから、働く力がわいてくるんだよ」

そんな父を格好いいと思い、がんばっている母を偉いと感じながら、わたしは大人になっていった。給料袋を神棚にあげ、子供たちをしたがえて父にお礼を言うのは母の『術』ではないかと考えたのは高校生になったころだ。夫を持ち上げていい気分にさせて、働かせているのが母なのだと思った。夫の稼ぎがなければ生きていけない母を時代遅れだと思い、わたしは自立して男性と平等に生きてやると息まいたのは成人式を迎えたときだ。大学受験を控えた弟は、月に一度の儀式を敬遠するようになっていた。

給料が銀行振り込みになって、神棚の前で正座させられることはなくなった。二十五日の献立がいつもより少し豊かで、母の『ありがとう』は変わらなかったけれど、子供たちは無言で頭を下げるだけの儀式に変わった。

家族全員が成長したのかもしれない。

（二〇〇五年十二月号掲載）

家族想いの仕事人間

山中《やまなか》桃子《ももこ》（イラストレーター）

私の父は、小説家・立松和平《たてまつわへい》だ。父は私の次男が誕生し、二十日後に亡くなった。突然の別れだった。この世にやって来た新しい命と対面する機会を永遠に失ったまま、入れ替わるように、この世を去った。

＊

父は、仕事人間だった。少しの時間も惜しむように原稿を書いていた。自宅にいれば、書斎にひたすらこもり執筆。居間でのんびりくつろいでいる姿を見た記憶がない。一年の三分の二は旅に出ていた。しかし、仕事熱心な父ではあったが、家族と離れている時間が多いからこそか、家族想いでもあった。旅先からは頻繁に連絡をしてきたし、取材でも同行可能な場合、仕事であっても家族を旅によく連れて行った。それでも、一緒に旅をしていると、本当にあきれる程、まめに原稿用紙に向かっていた。例えば、飛行機、新幹線、乗り物に乗れば、大体の時間は、万年筆を走らせていた。そして、空港、駅、待合室、どこでも原稿用紙を広げていた。

また、取材兼家族旅行ではない、純粋な家族旅行がたまにある。それが例えば、温泉旅行だとしよう。我が家には、そんな時には必ず、フリータイムなるものがあり、観光する人、お風呂に入る人、昼寝をする人、仕事をする人……旅館に着けば、それぞれの時間だ。そして、やはり横で仕事をしている人がいるので、側《そば》にいる家族は静かにしていなければならないという暗黙のルールがあった。

純粋な家族旅行だったはずが、後々エッセイに書かれていたりすると、あれは純粋な家族旅行ではなかったのかあと、結局仕事のネタになったことに子供ながらも、ほんの少しだけがっかりしたものだ。

父は学生のときから、変わらずにコクヨの四百字詰めの原稿用紙を愛用していた。

亡くなってから、書斎を整理して、発見された未使用の七百五十冊の原稿用紙。これからどれだけ仕事をするつもりだったのだろう。残された家族は、お父さんらしいねと呆《あき》れ、笑った。

父が亡くなって丸二年が経った。一年の大半を留守にしていた父は今もどこかを旅しているのかと思うと、いなくなった実感がない。ただ、生まれたばかりの次男が、首がすわり、ハイハイをして、立つようになり、やがて歩き、話をするようになり、二歳になった。成長を感じると同時に、長い時間が経ったことを改めて思い知るのだ。姿は見えないが、存在がある。まだまだ読んでいない、父の残したたくさんの作品がある。それらの本を読むことで、今更だが、私は新たな父にも出会えるだろう。すれ違ってしまった次男もいつか、祖父に作品を通して、会うことが出来るだろう。

（二〇一二年六月号掲載）

父が教えてくれたこと

金田《きんだ》一《いち》秀穂《ひでほ》（日本語学者）

テレビのクイズ番組で私のことを見たという人が多い。町を歩いていて、声をかけられることもある。ありがたいことである。今更ながら、テレビの影響力に驚かされる。

そのクイズ番組はお勉強クイズが中心で、理科や社会の問題も出るのだが、売り物は、漢字である。難しい漢字が出て、読めるかどうかを競う。そこで私は、国語の神様と勝手に呼ばれる。なにせ、キンダイチさんの家の三代目として、日本語学者を名乗っているのだから仕方がないのかもしれないのだが、読めるものとして扱われる。

しかし、読めない漢字は、読めないのだ。難しいのだ。

たとえば「避役」がカメレオンであるという。どうしてカメレオンを漢字で書かなければならないのか、その理由が分からない。どんな時に誰がどうしたわけで、わざわざこんな漢字を使って、カメレオンを表したのか、知りたいものだと思う。

仲間の学者たちは、よくあんな番組に出るよね、と言ってくれる。テレビに慣れた学者でも、解説者役ならいいが、解答者役にはぜったいなりたくないと言う。出来て当たり前、出来なければ恥をかく。誰も出来ないならいいのだが、一緒に出ている漫才師さんや女優さんや漫画家さんが、鮮やかに正解を答えていく。漢字問題に日本語学者が出るのは、罰ゲームに近いと思う。

難読漢字が読めないことは、日本語学者として恥ずかしいことだろうか。私はちっともそう思わないのだ。人は国語というと、すぐ「漢字の書き取り」を思い出し、国語の家の三代目なのだから、いつも満点を取っていたに違いない、と思うらしい。たいへんな誤解である。

祖父は明治の国語学者だったから古い文献を読むのが自然だったし、幼いころから教養として漢文に親しんでいた。たぶん漢字を読むのは得意だっただろう。父親は、古い文献も扱ったけれど、現代日本語が中心だった。祖父に比べれば、漢字はあまり得意ではなかった。

一度、国語の試験問題で「没義道」という漢字が出て、読めずに終わり、父に聞いたことがあった。父もその場では答えられなかった。後で調べたのだろう、「あれはモギドウと言って、近松《ちかまつ》辺りに出る言葉だ」と教えてくれた。「そりゃあんまり没義道な」などと言い、人の道に外れた人非人《にんぴにん》的行為のことを言う。

めったにしない息子の国語の質問に答えられなかったのが、しゃくだったに違いない。ゆっくり考えれば答えられたに違いない。それでも、即答ではなかったのだから、漢字が得意というわけではなかった。漢字は読めたほうがいいけれど、読めなくたって日本語学者はやって行けるということを父が教えてくれたと、私は勝手に思っている。間違っているかもしれないが。

（二〇一三年八月号掲載）

電車の切符

皆川《みながわ》博子《ひろこ》
（作家）

小学校三年生の夏だったから、七十年あまり昔の話になる。

渋谷に住む祖母のところに一人で遊びに行き、帰りも一人で井《い》の頭《かしら》線に乗った。今のような自動改札ではない。窓口で切符を買い、駅員が改札口でパンチを入れる。下《しも》北沢《きたざわ》で下り、改札口で切符を渡し、出ようとしたら、駅員に呼び止められた。珍しいことに若い女性の駅員であった。

「不正乗車したわね」恐ろしい声で咎《とが》めた。

否定したが、切符の日付が古いという。たしかに数日前の日付が記されていた。

「拾った切符を使ったんでしょう」

まったく身に覚えがない。不正なことをしたと駅員は罵倒し、乗車賃を払えと言い、私は断固否定しつづけた。

ようやく解放されたが、悔しくてたまらず、それでも途中は我慢していたけれど、家に帰り着くなり、大泣きした。

ちょうど居合わせた父にどうしたのだと訊かれ、事情を告げた。父は血相を変え、いっしょにきなさい、と私を連れて駅にむかった。

駅員に怒鳴りつけた。

「うちの娘は、絶対に悪いことはせん。嘘はつかん」

その怒《いか》りようは凄《すさ》まじくて、駅員の唇から血の色が引いた。背が高く、痩せて骨張った体つき、三つ編みのお下げ、こけしのような丸顔に大きい目をした顔立ちを、今でもおぼえている。

切符の日付が違っているのは事実なので、駅員もがんばった。〈あおざめてがたがた震える〉と、小説などによくでてくるが、文字どおり人が震えるのを、あのとき初めて見た。父の怒りは、私の悔しさを数倍上回っていた。年嵩《としかさ》の駅員が出てきて取りなし、事をおさめた。

明治生まれの父は、子供の躾《しつけ》に厳しく、清廉《せいれん》、誠実を生きる信条にしていた。不正と卑《いや》しさを何より嫌った。私はいささかうしろめたかった。切符の件に関しては不正などいっさいないが、これまで一度も嘘をついたことがない、などということはない。父に嘘をついたことはない――怖くてできない――けれど、母には嘘でごまかしたことが何度かある。父の信頼に値しない子であった。

明治の男は、どれほど愛しんでいようと、小学三年生にもなった子供と手を繋いだりはしない。すたすた歩く父に、小走りになって私は並んだのだった。

（二〇一〇年十二月号掲載）

温かいお弁当

長谷川《はせがわ》義史《よしふみ》（絵本作家）

僕が小学校一年生の時に父が病気で急に亡くなりました。それから母は女手ひとつで僕と三つ上の姉を育ててくれました。母の一生懸命はありがたいのですが、片親で両親そろっている家に負けてはいけないという変な頑張りが時には僕ら子どもには難儀なことがありました。

小学校二年生の冬、母は保温ができるお弁当箱、ランチジャーっていうのかなあ―、それを僕たち姉弟に買ってくれました。かわいい我が子に温かいお弁当をもたせてやりたいという気持ちはもちろんあったのでしょうが、何かよその家に負けてはいけないという気負いのようなものがあったようにその時は子ども心にも思いました。その当時、保温のできるお弁当箱は発売間もない頃でそんなものを持ってくる子は学校に一人もおりませんでした。母は僕たち姉弟を育てるためにミシンの仕事をしていました。子どもは判ります、うちの家がどれほどの経済状態か。毎月ぎりぎりの生活で買うような物ではないのです。

よーくおぼえているなあー。僕のは緑色で姉のは赤色でした。先割れスプーンがついていて、上がおかず入れで下がごはんの容器。そのごはんの容器にスプーンを突っ込んで食べているると時々金属製の容器にスプーンがこすれていやーな音が鳴る、その音や感覚までおぼえています。今の物よりも一回り大きくてなんだか丸っこい不細工《ぶさいく》なその保温のできるお弁当箱を持っていくのはいやでした。

初めて持って行った日は昼休みが来てお弁当の時間になるのが怖かった。そんなでっかいお弁当箱を肩からかけての登校ですから、お弁当の時間になると僕の机のまわりはクラスのみんなの人だかり。みんなそんな弁当箱見たことないんやもん。

「うおー」という歓声か怒声かはわかりませんが、そんな声の中で蓋を開ける時の辛かったこと。お弁当の味はなにひとつおぼえてません。飲み込むように食べたんでしょうね。その生温かいごはんがなんだか悲しかったなあー。

「いいなあー」といってくれる子もいれば「ええかっこすんなや」という子もいます。子どもはみんなと同じがいいのです。つめたいお弁当でいいのです。今となっては母の気持ちも愛情もわかりますが、あの時は本当にいやでした。

あれから四十数年、ある日、見るとわが息子が今の新しい形の保温できるお弁当箱を持って行ってるではありませんか。いやじゃないのかなあ……。

（二〇一三年十二月号掲載）

深まる謎

久田《ひさだ》恵《めぐみ》（ノンフィクション作家）

長い介護の末に母が逝って十二年が過ぎ、その母の亡き後、共に暮らしてきた父が逝って、四年が過ぎた。

そんなわけで、私は、目下、小さな家に一人で暮らしている。

不思議なことに、日常を共にしていた時は、ちっとも思い出さずにいた父や母に関する記憶が、今頃になってふっと立ち上がってくる。

その度に、自分の中にある父像、母像が微妙に変化する。まるで、謎が深まっていくようにも感じる。

母は優しい人で、叱られた記憶がほとんどないのだが、どこか自分からは遠い人で、あこがれのような思いを抱いていた。

子どもを抱き寄せて肌で育てる人ではなく、言葉で育てていた人だったのかなあ、という思いがする。

母は、若い時から、短歌の結社に属し、歌を詠んでいた。私は、字を覚えたての頃から、歌誌があると母の名前を探し出し、こっそり読んでは暗記してしまっていた。

「のびあがれど吾に届かぬ窓ありて風吹けば風の運びてくるもの」

今も口を突いて出てくる母の三十代の頃の歌だが、当時は意味も分からないまま、そこに漂うしんとしたさびしさのようなものだけを受けとっていた。生身の母よりも、歌の中の母像からいろんな複雑な感覚を受け取って育ったように思う。

その一方で、父は母とは真逆な人だった。理系のエンジニアで、単純明快。怒ると、爆弾が炸裂したようにはなるが、末娘の私には甘かった。なにかにつけ、「可愛い、可愛い、いい子だ、いい子だ」と呪文のように言われて育った。

この頃になって、思うようになった。

父の胡座《あぐら》の中にすっぽりとおさまってまどろんでいたあの時の安心感が、私の人生をずっと支えてきたのかもしれないと。

そんなにも可愛がられていたのに、私は、二十歳の時に、大学を辞め、親に離反し家を出た。素手で自分の人生を切り開く、と生意気な宣言をした。

母は、「いいんじゃないの」とこともなげに言い、動じることがなかった。父は、娘の行動に衝撃を受け、会社を三日間休み悩み続けたそうだが、「お前のことはあきらめる。存分に生きよ」との手紙をくれた。

その十八年後、私はブーメランのように両親の元に戻り、晩年の二十年を共に暮らし、父も母も看取った。

父が亡くなった時、遺言書に「一緒に暮らしてくれてありがとう」と記されていた。親と言うものは、この世を去った後までも、子どもにいろんな謎を与え、たくさんの影響を与えてやまない存在なのだと、思う。

（二〇一三年二月号掲載）

本書は、月刊誌『PHP』連載「心に残る、父のこと母のこと」（二〇〇五年三月号から二〇一六年七月号）から五十八編を集め、若干の加筆・修正を施してまとめたものです。

PHPとは

ＰＨＰ研究所は松下幸之助によって1946年に創設されました。ＰＨＰとは、“PEACE and HAPPINESS through PROSPERITY”の頭文字で“物心両面の調和ある豊かさによって平和と幸福をもたらそう”という意味です。お互いが身も心も豊かになって、平和で幸福な生活を送る方策を、人間の本質に照らしつつ、それぞれの知恵と体験を通して提案し考えあう一つの場、それが『ＰＨＰ』誌です。

装丁　石間 淳
装画・挿画　正一

父へ母へ。100万回の「ありがとう」

2016年９月27日　第１版第１刷発行

編　者　『ＰＨＰ』編集部
発行者　安藤　卓
発行所　株式会社ＰＨＰ研究所
京都本部　〒601-8411　京都市南区西九条北ノ内町11
文芸教養出版部
生活文化課　☎075-681-9149(編集)
東京本部　〒135-8137　江東区豊洲5-6-52
普及一部　☎03-3520-9630(販売)
PHP INTERFACE　http://www.php.co.jp/
制作協力
組　版　株式会社PHPエディターズ・グループ
印刷所　図書印刷株式会社
製本所　東京美術紙工協業組合

ISBN978-4-569-83459-7